# ... wird man jemals verstehn?

Peter Hoffmann



edition winterwork

## Vorbemerkungen des Autors

Das eine Unglück ist noch nicht verheilt, da wird schon das nächste vorbereitet. Wer hat daran Interesse?
Auch das deutsche Bildungsbürgertum mit seiner humanistischen Gesinnung konnte den 2. Weltkrieg nicht verhindern: Trotz des Wissens um das Erbe von Goethe, Schiller, Rilke, Hegel, Beethoven sowie weiteren großen Söhnen dieser Nation. Das Bild vom Feind mit dem blutigen Dolch zwischen den Zähnen gewann die Oberhand.
Welche ernstzunehmende Kraft mit welchem kulturellen Hintergrund könnte sich heute gegen die Kriegsgefahr stellen?
Die folgenden vier Geschichten behandeln die Themen Krieg und Gewalt im Kleinen wie im Großen. Sie geben keine Antworten, das wäre zu einfach. Aber sie legen den Finger schmerzhaft in die Wunden und sie benennen die immer und in jedem Falle Leidtragenden der internationalen großen Politik: die einfachen Menschen.
Deren Denken und Handeln wird vom Geist der Zeit bestimmt, der Leser mag dazu Stellung beziehen. Und vielleicht kommt dabei wenigstens als Überzeugung heraus, wer kein Interesse an der Wiederholung vergangenen Unglücks haben kann.

*Peter Hoffmann*

## Das Geschenk

Montag, 20. Dezember 1937. Draußen in der Welt stehen die Zeichen auf Krieg. Die Japaner haben erst vor wenigen Tagen die Chinesische Hauptstadt Nanking erobert und dort ein Massaker angerichtet. In der „Legion Condor“ machen Deutsche an der Seite der spanischen Faschisten die Stadt Guernica dem Erdboden gleich. Konrad Henlein, der Führer der Sudetendeutschen Partei in der Czechoslowakei, ruft den Führer um Hilfe für seine deutschen Landsleute an und in Österreich ahnt man noch nicht, dass es längst beschlossene Sache ist, „den Millionen Deutschen dort zur Hilfe zu eilen“. Und dass Stalin bei seinen „Säuberungsaktionen“ im eigenen Land Hunderttausende hinrichten oder in Arbeitslager stecken lässt, das ist für die meisten Bewohner des kleinen Ortes Friedersdorf bei Bitterfeld zum Glück ganz, ganz weit weg.

Ach, wie fiebert der zehnjährige Hans Rauch diesem Weihnachtsfest entgegen! Ob sein sehnlichster Wunsch in Erfüllung gehen wird? Wenn alles so geschieht, wie er sich das vorstellt, dann werden sie aber gucken, seine Freunde. Wenige Tage und Nächte wird der Junge sich jedoch noch gedulden müssen.

Aus den hohen Bleiglasfenstern des Friedersdorfer Gotteshauses schräg gegenüber dringt, wie schon an den Abenden zuvor, ein mattes Licht nach draußen. Der Junge kann es vom Laden aus mit einem Blick durch die Schaufensterscheibe deutlich erkennen. Was sich hinter diesen hohen Fenstern gerade eben wohl zutragen wird? Ob sie dort, ein letztes Mal vor dem Heiligen Abend, proben?

„Oh du fröhliche …“, tönt es aus dem Volksempfänger nebenan in Tante Augustes kleiner Stube.
Hans liebt die Musik und das Singen. Doch leider wird dem in seiner Familie kaum nachgegangen.
Der Grund dafür: Das Geschäft!
Knöpfe, Garn, Arbeitskleidung, Inletts für Federbetten, Pantoffeln … Fast jeden erwachsenen Einwohner von Friedersdorf zieht es von Zeit zu Zeit in den kleinen Laden am Dorfplatz.
Hans lebt mit der Tatsache, dass seine Eltern besonders bekannt sind und die wiederum besonders viele Leute näher kennen. Das muss wohl so sein, wenn man ein Geschäft betreibt. Aber all die schöne Zeit, die beim Schwatzen an der Ladentheke draufgeht, die fehlt Mutter und Vater, wenn er etwas von ihnen möchte.
Und so wird dann eben in der Weihnachtszeit im Hause Rauch nicht gesungen oder musiziert. Dafür hofft der Zehnjährige um so mehr, dass es in diesem Jahr mit seinem Herzenswunsch klappen wird.
Heute ist wieder einmal „Sondereinkauf“, wie Tante Auguste immer zu sagen pflegt, wenn die Leute nach Ladenschluss kommen, um sich in der Vorweihnachtszeit in Sachen Geschenke beraten zu lassen.
Die Pendeluhr hinter der Ladentheke zeigt 18.00 Uhr. Anna Rauch lässt die Jalousien von Schaufenstern und Ladentür herunter. Ein letzter Blick des Jungen Richtung Kirche verrät, dass die Fenster dort noch immer erleuchtet sind. Gleich kommen die Sondereinkäufer über den Hof und dann durch die Haustür in den Laden. Für heute haben sich Herbstes angesagt. Hans hört, wie Oma Wilhelmine Herbst aus der Nachbarschaft sagt: „Un dann hat der Robert den

Boom widder mit die Äppel so scheen jeschmückt. Unser kleener Lothar, der kann's kaum abwarten, mit de Bescheerung. Abber man muss so offpassen, bei dem kleenen Naseweiß. Hat der doch, wo der vom Weihnachtsmann zwei scheene, rote Äppel jeschenkt kricht, off den Sack jezeicht und jesacht: ‚Das is aber der Strohsack vom Bette!'
Weil ich grade von Lothar erzähle: Mein Kurt un de Schwiejertochter, die meenen, dass `ne grine Schürze für den Jungen scheener aussieht als `ne karierte. Kann ich dich die karierte zurückjeben?"
„Ja, ja, de Schwiejertöchter!", Anna Rauch winkt ab.
Eigentlich hasst Hans Rauch diesen Laden: „Immer musst du arbeiten, nie hast du Zeit, um mit mir mal nach Bitterfeld zu fahren oder im Sommer baden zu gehen!", würde er der Mutter am liebsten manchmal zurufen.
Gleichzeitig aber kann er sich ein Leben ohne das Geschäft nicht vorstellen. Fast jede der Frauen, die dorthin kommt, hat etwas zu berichten: Im Sommer sagte eine Nachbarin zum Beispiel: „Mei Frietz, der is hinger in Jarden jejangen und guukt, ob's Hei drehe ist". Und wenn Tante Auguste mit im Laden steht, dann antwortet diese in der selben Sprache: „Zundema gab's mehr Pflaumen als heitzutache."
Und es werden noch ganz andere Dinge besprochen! Ob es an der damals prüden Erziehung liegt, dass der Junge jetzt mit Sätzen wie: „Dor olle Sack lag ungene un sie lag obendroben", nichts anzufangen weiß?
Dem Zehnjährigen wird das Gespräch der beiden Frauen bald langweilig. Ach, wären doch schon der Heilige Abend und die Bescherung heran! Dann

würde er wissen, ob es mit dem Geschenk geklappt hat und er könnte es vielleicht schon einmal draußen im Licht der Hoflampe ausprobieren.
Er steigt nun die drei Stufen zur „kleinen Stube“, die sich direkt neben dem Geschäft befindet, hinauf. Dort verbringt Tante Auguste für gewöhnlich ihre Mittagszeit. Dann hat sie die Tür zum Laden aber immer einen Spalt offen, also „an kerre“ stehen, damit sie ja nichts verpasst.
Am Abend jedoch sitzt die Tante in ihrer Küche oder in der guten Stube. Das kleine Zimmer neben dem Laden gehört um diese Zeit den Männern. Genau gesagt Hans’ Vater Willi, der sich heute in Gesellschaft von Opa Robert Herbst befindet. Opa Robert ist der Mann von Oma Wilhelmine. Obwohl die beiden nicht seine richtigen Großeltern sind, darf Hans „Oma“ und „Opa“ zu ihnen sagen. Bereits bevor der Junge die nur angelehnte Tür ein Stück weiter öffnet, schlägt ihm der Geruch von brennenden Zigarren entgegen.
Tabakrauch lässt seine Augen brennen und den Hals kratzig werden. Aber wer nicht ewig ein Kind bleiben will, der muss sich der Welt der Erwachsenen stellen. Und wenn es anderswo in der Vorweihnachtszeit nach Stollen oder Bratäpfeln duftet, dann riecht es in Lehmanns kleiner Stube nach Zigarren.
Bekanntschaft mit dem Tabak haben Hans Rauch und seine Freunde schon gemacht. Ludwig Maschke, der gemeinsam mit seiner Frau die Mansarde über dem Ladenlokal bewohnt, hatte ihn und seine Freunde auf die Probe gestellt und erklärt „Hier ist Priem, also Kautabak. Ihr steckt euch jetzt jeder ein Stück davon in den Mund und dann fahren wir mit dem

Rad bis Pouch. Wer es schafft, den Priem bis dahin nicht auszuspucken, der bekommt eine Belohnung."
Hans muss daran denken, wie fürchterlich dieses Zeug in Mund und Hals brannte und wie komisch ihm dabei zumute war. Aber weder er, noch Heinz, Horst oder einer der anderen Jungen hatten sich eine Blöße geben, als schwach dastehen wollen. Keiner wagte es, das ihnen bis dahin unbekannte Zeug auszuspucken. Als Belohnung für so viel „Männlichkeit" gab es von Maschke für jeden Jungen eine Stange Lakritz. Die vertrieb das Brennen und verlieh der Situation noch zusätzlich etwas von Abenteuer. Schließlich ging damals das Gerücht um, Lakritz würde aus Pferdeblut gemacht.
Als Hans Rauch Tante Augustes kleine Stube betritt, sieht er Opa Robert und den Vater beim Schnaps sitzen. Im Frühling, Sommer und Herbst hat das Familienoberhaupt für solche Vergnügungen keine Zeit. Und die Mutter würde dann ohnehin dazwischengehen und die Flasche wegnehmen.
Aber jetzt, so kurz vor Weihnachten, da ist alles anders. Da sind Großeinkäufe angesagt. Und nicht nur die einfachen Leute kommen dann vorbei und kaufen. Und sie alle klagen ohne Ausnahme, wie teuer alles geworden ist, und kaufen dennoch wieder.
In Friedersdorf gibt es neben den gewöhnlichen Leuten auch reiche Großbauern und dank des Kraftwerks reichlich Beamte, die ihre Frauen manchmal bei den Weihnachtseinkäufen begleiten.
Während die Frauen kaufen und schwatzen und umtauschen, um bald darauf wieder zum Schwatzen und Umtauschen zu kommen, da können Albert Stolze, Paul Sittner, Franz Liebrecht, Friedrich Thärichen

und all die anderen in Tante Augustes Stube gemeinsam mit Willi Rauch das Weltgeschehen im Kleinen wie im Großen auswerten. Selbstverständlich bei Bier, Schnaps und einer Zigarre.
Am meisten gefällt es dem Jungen, wenn sich die Männer über Späße auf der Arbeit im Kraftwerk austauschen: „Was gibt es neues auf dem Kraftwerk?“, hört er Robert Herbst auch an diesem Abend fragen. „Opa“ Robert hat eine kleine Landwirtschaft. Und weil es da im Winter nicht so viel zu tun gibt, arbeitet er in der kalten Jahreszeit auch noch als Tischler. Die Leute sagen ehrfürchtig „Alter Nachbar“ zu ihm. Diesen Namen tragen Leute, die schon seit Generationen in Friedersdorf verwurzelt sind.
Und so sagt auch Willi Rauch: „Erst mal ‚Prost’, Alter Nachbar!“, und hebt dabei sein Schnapsglas in die Höhe.
Vater Rauch nimmt nun einen Zug von der Zigarre, befeuchtet seinen Mund mit einem Schluck Bier und erzählt: „Unser Kanonendussel, du weest schon, der immer aus seiner Militärzeit faselt, der hat schon widder denselben Witz erzählt, und der Kerl merkt das nich und ahnt nich, weswegen wir dann lachen: ‚Da haben die drei Mädchen ins Krankenhaus gebracht.’ fängt der immer widder an. Und wir fragen dann: ‚Warum denn, es wird doch nischt passiert sein?’
‚Nee’, sagt der dann, ‚denen haben se de Hintern versetzt, weil die Röcke nich mehr jepasst ham!’
Un dann lacht der und lacht, und kriegt sich selber dabei nich mehr ein. Aber dem jehts jut, schließlich ist der Beamter!“

Hans Rauch taucht in die ihm völlig neue, geheimnisvolle Welt der Erwachsenen ein, wenn er solchen Gesprächen lauscht. Er erfährt Dinge, die ihm sonst verborgen geblieben wären. Und ein bisschen hofft er dabei wohl auch, dass der Vater, dessen Gesicht vom Schnaps heute schon ein wenig rot aussieht, sich verplappert. Vielleicht plaudert er so ganz nebenbei aus, ob es mit dem Geschenk schon geklappt hat. Doch Hans wartet darauf vergeblich. Trotzdem bleibt er sitzen. Die Welt der Erwachsenen ist für ihn nicht immer verständlich. Aber immerhin tragen solche Abende dazu bei, sie etwas besser zu verstehen.

„Zu dumm zum Milchholen“, lautet zum Beispiel ein in Friedersdorf gängiger Spruch. Dank des Belauschens der Männergespräche weiß Hans, was sich dahinter verbirgt: Der Fahrdienstleiter des Friedersdorfer Bahnhofs schickte seinen Lehrling zu einem benachbarten Bauern nach Milch. Auf dem Rückweg stürzte der Bedauernswerte und dabei zerbrach der Krug.

Wird es einen Krieg geben oder nicht? Hans Rauch kennt das Wort Krieg nur vom Hörensagen oder aus der Schule. Ihm fällt aber auf, dass fast alle Besucher des Vaters davon reden.

„Deutschland kann jeden Krieg gewinnen, will aber keinen“, darin sind sie sich alle einig, diese Erwachsenen, die in Tante Augustes kleiner Stube zu den bereits erwähnten „Sondereinkaufszeiten“ eines oder mehrere Gläser trinken und dazu ihre Zigarre rauchen. So viel Zuversicht kann selbst bei einem zehnjährigen Jungen, dem die Bitte nach Frieden für alle Menschen der Welt heimlich Teil des Abendgebetes

geworden ist, Befürchtungen hemmen oder wenigstens vermindern. Und dann gibt es ja auch noch den Führer, der mit seiner Machtübernahme Deutschland aus der Krise geholt hat.
Ob es bei den Frauen interessanter ist? Und wann wird es endlich Anbendbrot geben?
„Also, die grüne Schürze solls nich werden“, hört Hans seine Mutter die Bedenken von Oma Herbst zusammenfassen. Und missmutig fügt er in Gedanken hinzu: „Wegen der Schwiegertochter.“ Er war in Versuchung, diesen Satz laut auszusprechen, aber das wäre dann wirklich frech gewesen. Und für Frechheiten setzt es Backpfeifen. Das ist eben so. Bei ihm zu Hause, bei Thärichens, bei Hennigs, in der Schule. Eine Backpfeife heißt Backpfeife, weil es anschließend pfeift, wenn man richtig eine gescheuert bekommen hat, aber nicht in der Backe, sondern im Ohr. Hans Rauch kommt der Gedanke, dass es dann eigentlich Ohrpfeife heißen müsste. Aber die Erwachsenen sagen Ohrfeige. Wer, bitteschön, soll so etwas verstehen?
Inzwischen ist die Mutter zum Regal gegangen und trägt einen Packen blauer Kinderschürzen zum Ladentisch. „Die sind besonders praktisch. Schön dunkel, da kann man nicht gleich jeden Fleck sehen.
Der Junge weiß, was jetzt kommen wird: Die Frauen werden den gesamten Stapel begutachten, jede Schürze einzeln auseinanderfalten, hochhalten, gegen das Licht der Deckenlampe schwenken, den Stoff befühlen und zwischendurch immer wieder die neuesten Ereignisse von Friedersdorf besprechen.

Dem Zehnjährigen ist plötzlich zum Heulen zumute. „Verdammte Scheiß-Weihnachtszeit“, würde er am liebsten aus sich herauspressen.

Währenddessen gehen nicht weit von ihm, nur zwei Stockwerke höher im selben Haus, geheimnisvolle Dinge vor sich. Ein Mann, etwa vierzig Jahre alt, sitzt am Küchentisch und befestigt mit einer Schraubzwinge ein Stück Sperrholz. Dann setzt er die Laubsäge an. Arme, Beine und Torsos von Hampelmännern entstehen so nach sorgfältig mit einer Schablone gezeichneten Vorgaben. Immer, wenn ein neues Körperteil ausgesägt ist und hinunter auf die Dielung fällt, dann bückt sich der Mann. Er hebt es auf und bohrt mit einem kleinen Handbohrer ein Loch an jene Stelle, die einmal als Gelenk dienen soll. Danach glättet er die Schnittkanten mit feinem Schmirgelpapier.

Und während jener Mann, der Ludwig Maschke heißt, die Schraubzwinge löst, das Sperrholz neu platziert, die Zwinge wieder anzieht und erneut zu sägen beginnt, sitzt am anderen Ende des Tisches seine Ehefrau Mathilde und bemalt die noch losen Körperteile der künftigen Hampelmänner.

Diese Frau ist nur wenig jünger als ihr Mann und leidet unter ihrer Kinderlosigkeit. Und weil das zu jener Zeit so ist, dass man allgemein annimmt, dass es an der Frau liegt, wenn eine Ehe ohne Nachwuchs bleibt, fühlt sie sich schuldig. Und vielleicht aus dieser Schuld heraus kann sie ihren Mann verstehen und lässt ihn gewähren, wenn er wieder einmal etwas tut, um seinen Ruf als „Kindernarr“ in Friedersdorf zu festigen.

Manchmal weiß sie – um ehrlich zu sich selbst zu sein – nicht, ob sie ihn als Ehemann noch richtig ernst nehmen soll, wenn er draußen auf der Straße mit einer Pappe im Gaumen das Mauzen einer Katze oder das Piepsen einer Amsel nachmacht und damit die gesamte Kinderschar aus der Nachbarschaft anlockt.
Ach, und wenn er mit den Halbwüchsigen auf Fahrradtour geht! Er sagt dann nur: „Holt eure Räder, wir fahren heute raus!" Wohin, das verrät er nicht. Vorab kauft er zur Stärkung noch Amerikaner beim Bäcker Hünichen. Und dann geht es los. Letztens war er mit den Kindern in Rösa, die „Wäschkemutter" besuchen und deren Tiere angucken.
Die hat einen Zuchteber auf der Wiese laufen. Der Hans von unten aus dem Laden hatte gefragt, was dem da für ein Beutel zwischen den Beinen hängt. „Ach, der ist nur zuviel gelaufen und da hat er sich eine Blase gescheuert", soll ihr Mann da geantwortet haben.
Die Eltern wissen, dass sie dem Maschke bedingungslos vertrauen können, wenn er mit ihren Kindern unterwegs ist. Und der wiederum kann den Kindern vertrauen. So manchem Erwachsenen haben diese kleinen Kobolde schon die Türklinke mit schwarzer Schuhcreme eingeschmiert, bei knackender Kälte abends ins Schloss des Hoftores gepinkelt, oder in der Dunkelheit Schneebälle gegen die Jalousien geworfen.
Mathilde Maschke muss daran denken, dass ihr Mann, wenn er morgens aus der Nachtschicht vom Kraftwerk kommt, nur die kleine gelbe Fahne ins Fensterbrett vom Wohnzimmer stellen muss und

schon sind diese Kinderteufel leise. Sie ziehen nicht mehr den Handwagen mit den eisenummantelten Rädern über das Pflaster des Hofes, jagen nicht mit Trillerpfeifen im Mund, wie ein Schwarm lärmender Insekten, über den Dorfplatz. Und als sie neulich das Fenster öffnete, um das Staubtuch auszuschütteln, da hörte sie eines der Kinder sagen: „Leise, der Herr Maschke schläft jetzt.“ Sie spielten gerade Rüber- und Nüberhasche auf dem Stück Straße zwischen Wohnhaus und Schule.

„Und du willst tatsächlich für jedes Kind einen Hampelmann an den Baum hängen?“, fragt Mathilde Maschke ihren Mann ungläubig. Sie ahnt, was das für sie beide noch an Arbeit bedeuten wird. Es sind nur noch wenige Tage bis zum Fest und in der Küche riecht es schon seit Wochen nicht nach Bratkartoffeln oder Kohlsuppe, sondern nach Sägespänen, Terpentin und Lackfarbe. „Ich kann keinen enttäuscht nach Hause schicken“, antwortet der Gefragte und erneut ist ein Hampelmannbein mit Hilfe der Laubsäge fertig geworden. Es folgen das Bohren des Loches und das anschließende Glätten mit Sandpapier.

Dienstag, 21. Dezember. Die Tage vor dem Heiligen Abend ähneln sich für Hans Rauch in spannender und bedrückender Weise zugleich. Eben, kurz vor Ladenschluss, ist Oma Herbst noch einmal im Geschäft erschienen. Eine blaue Schürze für ihren Enkel Lothar war wohl dann doch nicht die richtige Wahl gewesen. Eine mit Pünktchen und Sternen sollte es diesmal sein, weil die so schön zu den Winterabenden passt, wenn die jungen Eltern mit ihrem kleinen Sohn in der guten Stube sitzen.

Apropos Stube: In der kleinen der Tante Auguste saß heute Paul Sittner, rauchte mit dem Vater eine Zigarre und besprach mit diesem die Weltlage. Derweil nutzte dessen Frau Berta im Laden die ihr zugedachte Sondereinkaufszeit. Um Unterwäsche ging es diesmal, Garn, Wolle und gehäkelte Kragen.
„Ach, wenn es doch endlich richtig Weihnachten wäre!“, denkt in diesem Moment der kleine Hans. Es ist längst Abendbrotzeit. Um den Hunger zu vertreiben nimmt er sich vor, an nichts anderes zu denken, als an jenes Geschenk, das er sich so sehr wünscht und das bestimmt den Unwillen seiner Tante Auguste auslösen wird.

Mittwoch, 22. Dezember. Das mit der Schürze für den kleinen Lothar scheint nun zu passen. Oma Herbst ist noch nicht wieder im Geschäft gewesen. Stattdessen hat Hans sie früh beim Milchholen getroffen.
Einen Fünfer hat ihm die Oma geschenkt und gesagt: „Da jehst du nachher zu Schellenbergs und koofst dich was Süßes!“
Es weihnachtet, aber mit dem Musizieren oder Singen in Familie wird es bei den Rauchs heute wieder nichts. Martha und Wilhelm Stiemer sind nach Ladenschluss gekommen.
„Deutschland kann jeden Krieg gewinnen, will aber keinen“, hört Hans den Vater eine halbe Stunde später, wie bereits an vorangegangenen Abenden, hinter der angelehnten Tür in Tante Augustes Stube sagen. Er stellt sich vor, wie der Herr Stiemer nickt und an seiner Zigarre zieht. Im Laden geht es um andere Dinge: „Was mache ich denn nun, was soll ich

schenken?“ Martha Stiemer zieht unsicher die Schultern nach oben. „Du kennst sie doch alle und zu teuer darf’s auch nicht sein!“ Als seine Mutter damit beginnt, lange Unterhosen auf dem Ladentisch auszubreiten, verlässt Hans den Laden.

23. Dezember. Es weihnachtet noch gewaltiger als am Tag zuvor. Der Vater ist wie jedes Jahr unmittelbar vor dem Fest nach Bitterfeld gefahren, um bei Fischzöllner einen Räucheraal zu kaufen. „So etwas kann sich in diesen Zeiten nicht jeder leisten“, pflegt er dann immer zu sagen und so war es bei seiner Rückkehr auch dieses Mal. Es klang Stolz in der Stimme des Mannes, als er das in einen „Bitterfelder Anzeiger“ eingewickelte Etwas behutsam auf den Küchentisch legte.
Auch für Hans gibt es an diesem Tag etwas Besonderes: Er und mindestens zwei Dutzend weitere Kinder haben sich draußen vor dem Geschäft versammelt. Sie warten gespannt auf ihren „Onkel Ludwig“. Noch sind die Jalousien von Eingangstür und Schaufenstern bei Lehmanns Kurzwarenladen nicht heruntergelassen, noch kann man die Dekoration mit den Tannenzweigen, den bunten Baumkugeln und dem Engelshaar bewundern. Dort hinten kommt Bauer Bedemann mit seiner Frau. Hans kann sie im Lichtschein des Mondes deutlich erkennen. Bedemanns haben Wäsche aus SOMOlana bestellt und der Vater hat diese – wie könnte das anders sein – besorgt. Selber hält er nicht viel von dieser Wolle, die aus der Mongolei kommt. „Bei Hitze fängt das Zeug auf der Haut an zu jucken“, hörte Hans den Vater zu einem Besucher in Tante Augustes Stube einmal sagen, um

dann zu ergänzen: „aber wenn du dich sonntags nach dem Mittagessen in so einer Hose auf die Couch legst und nach zwei Stunden wieder hochstehst, dann ist die Bügelfalte wie vorher.“
Die Jalousien des Schaufensters und der Ladentür werden heruntergelassen. Es wird dunkler auf der Straße. Ein Glück, dass der Mond seine Strahlen in diesen kalten Vorweihnachtsabend nach Friedersdorf schickt.
Bedemanns steuern ganz selbstverständlich dem Hofeingang zu. Doch ehe der Bauer die Klinke herunterdrücken kann, wird von Innen geöffnet. Ludwig Maschke kommt heraus. Ein Raunen geht durch die Kinderschar. Die Freude, den von ihnen geliebten Erwachsenen zu sehen, ist vermischt mit einer Enttäuschung: Wo ist der Sack mit den Geschenken? Sonst hat er ihn doch immer dabei, wenn es zum Rand des Dorfes, auf den Dachsberg, zur Bescherung geht. Statt jenem Sack hält Maschke eine hell leuchtende Sturmlaterne in der Hand.
Hans Rauch hat eine Ahnung, verrät sie aber nicht. Wenn das wahr würde … Na ja, die Kleinen in der Runde täten sich bestimmt riesig freuen, aber die Großen wie er?
Fröhlich lärmend setzt sich der Zug in Bewegung. Allen voran läuft der Friedersdorfer Kinderfreund mit seinem Licht. Hinter Schellenbergs Lebensmittelladen biegen sie in die Burgkemnitzer Straße ein, gehen dort weiter bis zur Siedlung mit den vielen neugebauten Häusern und dann im angrenzenden Wald die Anhöhe zum Dachsberg hinauf. Über ihnen scheint noch immer hell der Mond und unter ihren

Füßen knackt der am Tage angetaute und am Abend wieder gefrorene Schnee.
Ludwig Maschke hält plötzlich an, dreht sich um zu den Kindern und fragt: „Könnt ihr ein Weihnachtslied singen?“ Und gemeinsam tönt es schon Augenblicke später aus etwa zwanzig Kinderkehlen: „O du fröhliche …“
Der Anführer der neugierigen Schar öffnet, nachdem das Lied gesungen ist, den Brennraum seiner Laterne und löscht das Licht. Ein Raunen geht durch die Menge. Was soll das? Hans Rauch sieht, wie sich zwei Mädchen neben ihm vor Angst an die Hände fassen.
Dann geschieht das Unvorhersehbare: Nicht weit von der Gruppe entfernt, hinter einem Dickicht, ertönt plötzlich eine weitere Melodie. „Es ist ein Ros’ entsprungen aus einer Wurzel zart …“, hören Hans und die übrigen Kinder einen Chor singen. Und noch etwas Wunderbares geschieht: Es wird von Augenblick zu Augenblick heller im Wald hinter jenem Gebüsch.
Maschke hält sich den rechten Zeigefinger vor die Lippen. „Pssst!“, mahnt er und bedeutet den Kindern mit einem Schwenk seiner Linken, dass diese ihm folgen mögen.
Mitten im Wald steht ein mit Lichtern geschmückter Weihnachtsbaum und daneben ein Grammophon, aus dessen Schalltrichter klingen gerade die gesungenen Worte „… und hat ein Blümlein bracht mitten im kalten Winter, wohl zu der halben Nacht“.
Neben dem Grammophon kauert Mathilde Maschke und nickt den Kindern ermutigend zu, damit diese näher kommen. Das Allerschönste erblicken die

Mädchen und Jungen daraufhin: Am Lichterbaum und an den Bäumen ringsum hängen unzählige Hampelmänner mit roten, grünen, blauen oder gelben Mützen, Hosen und Jacken. Ihre Gesichter lachen und lachend sagt Ludwig Maschke: „Ihr alle könnt euch einen aussuchen, jeder!“
Die Frau neben dem Grammophon ahnt an diesem Abend nichts vom Schicksal ihres Mannes. Jemand wird gegen Kriegsende zu ihm sagen: „Ludwig, du hast für das Winterhilfswerk gesammelt. Wenn die Russen kommen, die nehmen jeden mit, der den Nazis geholfen hat.“ Daraufhin wird er die Wäscheleine aus der Waschküche holen, auf den Dachboden steigen und sich erhängen.
Auch dem an diesem Abend noch völlig ahnungslosen Hans Rauch steht einiges bevor: Als siebzehnjähriger Kriegsgefangener wird er tief im Osten nach vorgegebener Norm Holz schlagen müssen und schließlich nur noch 85 Pfund wiegen. Eine Kommission wird kommen und ihn einer Maurerbrigade auf der Krim zuteilen. Dort wird man Rauch am 1. Mai 1948 auszeichnen, wenige Monate, bevor man ihn zurück nach Deutschland lässt.
Aber jene Dinge sind weit vorausgeblickt und niemand der Betroffenen ahnt an diesem 23. Dezember des Jahres 1937 etwas davon.

Freitag, 24. Dezember. Eben ist die Familie Rauch aus der Kirche gekommen. Der Vater schließt das Hoftor auf und die Tante Auguste lässt sich von Hans’ Mutter untergehakt zur Haustür führen.
„Die Tante ist schon ganz schön alt“, denkt der Junge, als er das sieht und Auguste sagen hört: „Aber

das Krippenspiel war wieder schön. Warum macht euer Hans eigentlich nicht bei sowas mit, warum singt der nicht und warum spielt der kein Instrument?"
„Als ob sie das nicht selber wüsste", muss der Junge da denken und ist froh, dass die Vorweihnachtszeit endlich ein Ende hat, es gleich Räucheraal mit Kartoffelsalat geben wird und anschließend die Geschenke ausgepackt werden.
„Unser täglich Brot gib uns heute …" Wie bereits an den Weihnachtsabenden zuvor sieht Hans Rauch, wie die alte Tante nun die Hände faltet und dabei andächtig betet. Weihnachten ist doch ein besonderes Fest! Und der Vater wird gleich, wenn er den Aal angeschnitten und anschließend die Stücke auf die Teller der Familienmitglieder verteilt hat, sagen, dass es uns gut geht und dass sich nicht jeder solch ein Weihnachtsmahl leisten kann, und dass wir dafür dankbar sein sollten. Und dann wird bescheert. Ob es tatsächlich mit Hans' Herzenswunsch klappen wird? Er kann es kaum abwarten. Immerhin, die längliche Schachtel unter dem Weihnachtsbaum scheint Gutes zu versprechen …
Endlich, endlich sind Aal und Kartoffelsalat in den Bäuchen verschwunden, haben die Mutter und Tante Auguste mit selbstgemachtem Johannisbeerwein auf das Weihnachtsfest angestoßen. Der Vater gönnt sich nach dem fettigen Fisch einen guten deutschen Korn und bald wird er sich seine geliebte Zigarre anzünden. Aber vorher noch dürfen die Geschenke ausgepackt werden.
Natürlich greift der Junge zuerst nach jenem länglichen, schmalen Karton. Als er ihn anhebt, ist der

noch schwerer als erwartet. Ein Blick zur Seite verrät ihm, dass die Tante zuerst ihre Augenbrauen nach oben zieht und dann mit einem seltsamen Gesichtsausdruck Richtung Fenster schaut. Dabei kann Hans doch nichts dafür, dass ihr Mann nicht wieder aus dem Krieg nach Hause gekommen ist. Und nur, weil sein sehnlichster Wunsch zu Weihnachten eine Luftdruckpistole war, so eine, wie sie sich alle Jungen seines Alters wünschen, muss die Tante Auguste doch nicht gleich beleidigt gucken. Hans will niemandem mit dieser Pistole etwas tun. Er will doch nur spielen.

Die Mutter packt für sich einen seidenen Schal aus, der Vater einen Schlips und weiße Kragen. Solche, wie man sie damals zum Anzug tragen konnte, ohne ein komplettes Hemd anziehen zu müssen. Etwas hermachen muss der Vater schon, wenn er den Direktor des Kraftwerks chauffiert. Und die Tante zieht vorsichtig eine Kristallvase aus einem Karton. Sie mag es, wenn sie in der kleinen Stube während der Mittagsruhe ein Sträußchen Blumen auf dem Tisch stehen hat. Tante Augustes Augen werden jetzt feucht und auch den anderen ist vor Rührung zum Heulen zumute. „Jetzt wäre es an der Zeit, zusammen ein Weihnachtslied zu singen“, denkt der kleine Hans. Und er möchte schon anstimmen: „O du fröhliche …“

Da schellt die Klingel am Hoftor. Für einen Augenblick hofft der Zehnjährige: „Ob es vielleicht doch einen Weihnachtsmann gibt?“

Nein, es ist Wilhelmine Herbst, die verschneit im Treppenhaus steht und sagt: „Anna, das mit die Schürze mit die Sterne, das war doch nich so jut.

Meine Schwiejertochter hat schon so eene in Bitterfeld jekooft. Kann ich doch lieber die grüne kriegen?“
Hans sieht noch, wie die Mutter jetzt das Licht im Laden anknipst. Er nimmt währenddessen seine Luftdruckpistole sowie einige Diabolos und geht hinaus auf den Hof. Thärichens Jungen haben längst solch ein Spielzeug. Deshalb kann er auch leicht damit umgehen: Lauf nach unten knicken, Munition rein, Lauf wieder hoch bis er einrastet, anlegen, zielen. Als er zwei leere Marmeladengläser in das Fenster der alten Schmiede stellt, geht Oma Herbst. Dafür kommt Berta Sittner, sicher das Garn oder die Wolle in Unterhosen umtauschen. Und bald werden auch die anderen da sein, die Stiemers, die Bedemanns. Dass das mit dem SOMOlana nichts werden wird, das hatte der Junge sich schon zwei Abende zuvor denken können. Es ist wie jedes Weihnachten.
Hans Rauch legt an, zielt über Kimme und Korn, drückt ab. Glas fällt klirrend zu Boden. Augenblicke später pfeifft es in seinem rechten Trommelfell. Trotz der Kälte werden Wange und Ohr heiß. Der Vater hat eine „kräftige Handschrift“, wie man damals so formulierte. „Habe ich dir gesagt, dass du die Scheibe von der Schmiede zerschießen sollst?“
„Aber ich wollte doch nur die Marmeladengläser …“
„Was du wolltest interessiert mich nicht. Die Pistole wird weggeschlossen, bis du vernünftiger bist!“
Als auch der letzte Umtauschkunde verschwunden ist, kommt die Mutter dazu, den Esstisch abzuräumen. Tante Auguste hat es sich neben dem Ofen gemütlich gemacht und häkelt. Der Vater hört leise Radio und trinkt einen Schnaps.

Es ist eben wie jedes Weihnachten. Nur Hans sitzt beleidigt auf dem Teppich neben dem Tisch. In seinen Händen hält er etwas Hölzernes, bunt Bemaltes, das sich bewegt, wenn man an einem Faden zieht. Dabei meinte er noch gestern, er sei zu alt für einen Hampelmann.

## Mut

Elise Baldur steht hinter der Gardine ihrer kleinen Stube. Die Wanduhr tönt mit einem Gong. Schon wieder ist eine halbe Stunde vergangen. Aber was bedeutet schon eine halbe Stunde in diesen Zeiten? Morgen werden es genau acht Monate sein, in denen die junge Frau auf ihren Otto wartet. „Verschollen an der Ostfront“, hieß es in der amtlichen Mitteilung. Die wurde ihr kurz nach seinem Heimaturlaub zugestellt. Nach den wenigen Tagen des Zusammenseins, als sie sich vor dem Altar der Kirche in Annaberg das Ja-Wort gegeben hatten. Sie damals schon mit dem unübersehbar dicken Bauch. Aber das war eben so in diesen Zeiten.
Was würde Otto sagen, wenn er wüsste, wie sein Sohn inzwischen gediehen ist? Die junge Mutter tupft ihrem kleinen Herbert den Speichel aus dem Mundwinkel. Wenn Herbert staunt oder von etwas gefesselt ist, dann kann er seinen Blick nicht abwenden und vergisst, den Mund zu schließen. Bestimmt wird er einmal so klug wie sein Vater. Der hat es vom Bauernsohn immerhin zum Lehrer für Zeichnen und Musik an einem Gymnasium gebracht. Bei diesem Gedanken findet die Frau etwas Trost.

Bald wird es dunkel draußen. Sie sieht jene junge Mutter mit dem Kinderwagen und dem Koffer bereits zum vierten Mal auf dem Gehweg dicht vor ihrem Fenster vorbeilaufen. Da das Haus klein und das Fenster niedrig ist, begegnen sich die beiden fast auf Augenhöhe.
Doch Elise Baldur hat das Licht ausgelassen. Sie will nicht gesehen werden hinter dieser Gardine. Sie hat nur eine winzige Wohnung und kann niemanden von den Flüchtlingen aufnehmen. Aus Breslau kommen die, und Oppeln und Hirschberg und Lauban. Sie alle vereint eines: die Angst vor den Russen. Schlimme Dinge hat die junge Mutter vom Wüten dieser Menschen gehört. Darf man solche Wesen überhaupt Menschen nennen? Die Gustloff haben sie in der Ostsee versenkt, die Frauen in den besetzten Orten nehmen sie sich nach Belieben. Wenn ihr Otto noch leben sollte: Was wird er in der Gefangenschaft ertragen müssen?
Warum gibt es diesen Krieg überhaupt? Von der Haager Konferenz und den Vereinigten Staaten von Europa hatte Elise, als sie noch ein Mädchen war, in der Schule gehört. Und von einem sicheren Frieden. Aber das ist Jahre her.
Was wird diese Frau dort draußen auf ihrer Flucht erlebt haben? Ist sie die ganze Strecke mit Koffer und dem Kind gelaufen? Oder hat sie jemand auf seinem Pferdefuhrwerk oder gar in einem Auto mitgenommen?
Niemand im Dorf will diese Fremden. „Schließ das Hoftor ab, damit die Pollaken nicht ins Haus kommen!“, warnte die Schwiegermutter eindringlich. Und Elise hatte sich während der vergangenen Tage

an diese Anweisung gehalten. Das kleine Zimmer mit der winzigen Küche, das sie im Erdgeschoss bewohnt, gehörte einst zum Altenteil des Hauses. Erst starb seine Bewohnerin, dann wurde Elise ausgebombt. Da überließ die Schwiegermutter ihr und Herbert diese Bleibe.
Es wird allmählich dunkel in dem Zimmer. Elise wiegt noch immer ihren Sohn im Arm.
Die Frau da draußen stellt jetzt den Koffer ab und schaut in den Kinderwagen. Dann kommt sie mit hastigen Schritten zielgerichtet über die Straße. Diese Schritte passen überhaupt nicht zu dem müden und gequälten Gang, den sie bis eben zeigte. Die Fremde klopft nun an die Fensterscheibe, hinter der sich Elise Baldur hinter der Gardine versteckt, und dieser ist, als würde jeden Moment das Glas zerbersten.
Sie zieht die Stores zur Seite. Was sie jetzt ohne den verschleiernden Stoff erblickt, scheint ein Déjà vue zu sein. „Dieses Gesicht habe ich schon gesehen!“, ist ihr erster Gedanke und ein Schreck durchfährt sie. Und einen Moment später, als sie sich sammeln kann, werden ihre Gedanken klarer. Sie kann sich endlich erinnern, wo sie diesem Ausdruck bereits begegnete: in Munchs „Der Schrei“ und bei van Goghs „Kartoffelessern“. Im wirklichen Leben war sie Menschen mit solchen Gesichtszügen bis eben noch nie begegnet. Aber Otto hatte mit ihr an den wenigen gemeinsamen Abenden, die ihnen vergönnt waren, in Büchern geblättert. In denen waren solche Bilder zu sehen.
Was würde ihr Otto beim Anblick dieser Frau mit dem Kinderwagen tun?

Plötzlich ist für Elise alles ganz leicht. Vergessen sind die Verbote und Warnungen der Schwiegermutter. Pollake hin, Pollake her: Dieser Frau und ihrem Kind muss sie helfen!
Als erstes legen sie den Jungen, der Dieter heißt und fast auf den Tag so alt wie der kleine Herbert ist, auf den Küchentisch, um ihn frisch zu wickeln. Reichlich zwei Tage ist es her, dass die Frau mit den grünlichen Augenringen und dem müden Blick das letzte Mal Gelegenheit dazu hatte.
Zu ihrem Entsetzen stellen Elise und die Fremde fest, dass die Windel sich nicht so einfach vom Körper des Jungen entfernen lässt, weil Teile davon zu einem harten Klumpen gefroren sind. Aber das Kind lebt, immerhin.
„Mein Gott!“, ruft Elise Baldur da und läuft zum Herd, um neue Kohlen aufzulegen.
Als der Junge endlich gebadet und gewickelt ist, kommen die beiden Frauen dazu, miteinander zu reden.
Aus Waldenburg stammen die Fremde und ihr Kind, erfährt Elise, und dass diese Frau ihren Sohn und den Koffer mit dem Allernotwendigsten fast ausschließlich zu Fuß bis ins Erzgebirgische brachte. Ein Bauer hatte sie zunächst auf seinem Wagen mitgenommen. Doch unterwegs wollte der seine Gefälligkeit auf eindeutige Weise vergütet haben.
„Wenn sie mitgemacht hätte, wäre der Junge vielleicht nicht halb erfroren“, muss die Gastgeberin denken und sie erschrickt dabei über sich selbst. Es arbeitet noch immer in ihr, dass sie entgegen des Verbotes ihrer Schwiegermutter nun doch so eine Fremde ins Haus gelassen hat. Was wird sein, wenn

sie morgen aufwacht und diese Frau ist mit dem Besteckkasten, der goldenen Taschenuhr ihres Otto und vielleicht sogar mit dem letzten Stück Speck, das Elise als eiserne Reserve im Küchenschrank hat, verschwunden?
Denen aus dem Osten wird ja nichts Gutes nachgesagt. Und wenn diese Fliehende wirklich noch bis Düsseldorf zu ihrer Tante will, dann wird sie unterwegs wohl des Öfteren den Rock heben müssen, für etwas Wegzehrung und Milch für ihren kleinen Sohn.
Wieder schämt sich Elise Baldur für diese Gedanken. Es stimmt schon, die Schwiegermutter hat Recht mit ihrer Warnung. So sind die Zeiten eben und wer überleben will, der muss sich den Gegebenheiten anpassen.
Als hätte die Fremde diese Gedanken gelesen, sagt sie: „Ich werde morgen früh beizeiten aufbrechen, keine Sorge. Danke, dass sie meinen Sohn und mich aufgenommen haben. Übrigens: Ich heiße Gerda König."
„Wenigstens keine Elsbjeta Kacinski oder so ähnlich, wenigstens scheint sie eine richtige Deutsche zu sein." Elise fällt ein Stück Last von der Seele. Als sie das Gesicht der Fremden, aus dem inzwischen die elende Farbe gewichen ist, nun in Ruhe anschaut, da bekommt diese Frau etwas Stolzes und Schönes. In den Augen ihrer Betrachterin wird sie zu einer deutschen Schönheit, oder zumindest zur Vertreterin einer nahe verwandten Rasse. Ein bisschen, so findet Elise, ähnelt Helga König jetzt dem Schokoladenmädchen auf Liotards berühmtem Gemälde. Ganz sicher würde Otto es richtig finden, dass sie solch

einer jungen Mutter und ihrem Kind hilft. Ja, Otto, der kennt sich aus im Leben und in der Welt. Der ist belesen, weiß, was gut und wichtig ist. Deshalb hat sie sich ja damals in ihn verliebt. Deshalb schlich sie sich heimlich an der Vermieterin vorbei auf sein Zimmer. Dort hatte sie an Ottos Lippen gehangen, wenn er von Odysseus erzählte, oder ihr Gedichte von Rilke vorlas. An folgende Zeilen erinnerte sie sich gerade jetzt: „… Das ist im Grunde/der einzige Mut, den man von uns verlangt:/mutig zu sein zu dem/Seltsamsten, Wunderlichsten/und Unaufklärbarsten,/das uns begegnen kann."

Doch all das Gute, alle Erkenntnis, die Menschen wie ihr Otto in sich aufgenommen und an andere weitergegeben hatten, haben letztendlich nichts bewirkt.

Ihm und so vielen anderen ist Stalingrad nicht erspart geblieben. Und dieser Frau und ihrem Sohn nicht das Elend dieses Fluchtwinters.

Elise Baldur überlässt in der folgenden Nacht der Fremden ihr Bett, damit sie dort Erholung finden möge. Sie selbst ruht mit angewinkelten Beinen, so gut es eben geht, auf dem Sofa. Die beiden Knaben schlafen friedlich in dem kleinen Gitterbettchen.

Am folgenden Morgen verabschiedet sich die Fremde mit den Worten: „Möge das Schicksal Sie in diesen schweren Zeiten beschützen. Sie sind ein guter Mensch!"

Elise fragt sich: „Kann ich die Frau und ihr kleines Kind wirklich hinaus in diese Kälte und diese Ungewissheit lassen?" Und dennoch ist sie froh, als sich Gerda Königs Schritte und die Geräusche des Kinderwagens im Schnee hinter dem Hoftor verlieren.

Vielleicht, so hofft sie, hat ja die Schwiegermutter nichts von dem nächtlichen Besuch bemerkt.
Einige Tage später steht Elise Baldur erneut am Fenster ihrer kleinen Stube und beobachtet die ungezählten Flüchtlinge. Wie dunkle Ameisen überrennen sie den Ort. Auch Elises Kleidung ist dunkel. Viel zu dunkel für eine Frau ihres Alters. Nie wieder wird sie ein Fenster oder gar die Tür öffnen, wenn jemand Einlass begehrt. Dessen ist sie sich sicher. Zugleich weiß sie, dass diese Erkenntnis eigentlich keinen Sinn mehr macht.
In der Hand hält sie einen Brief. Er kam von weit her aus dem Osten. Otto lebt.
Wie kann sie ihm beibringen, dass sein Sohn nicht mehr da ist? Sie konnte doch wirklich nicht ahnen, dass der fremde Junge Typhus in sich trug.

## Rock me

Herbst 1973. Ein Ausbildungslager der Gesellschaft für Sport und Technik, kurz GST genannt: Niemand konnte ahnen, was mit jenem kleinen, kugelförmigen Jungen namens Martin im Verlaufe der kommenden fünf Tage geschehen würde. Zusammen mit ihm, der am Ende der Woche den Spitznamen „Rock me" tragen würde, waren wir fünf „Innendienstleichen". Das Lager befand sich in dem sonst für unsere Ausbildung zu Industriefacharbeitern genutzten Gebäudekomplex am Rande eines Waldgebietes.
Dort übten Vierzehn- bis Achtzehnjährige in graugrünen Uniformen das Schießen und Marschieren. „Links, zwo, drei, vier, links, links, links zwo drei

vier“, schmetterten sie im Chor durch den Kiefernwald. Leipold, im zivilen Leben Lehrobermeister, beaufsichtigte die männlichen Nachwuchskämpfer. Lehrmeister Ohme, von den jungen Leuten in der Berufsschule „Gummi-Ohme“ oder „Schweinchen-Dick“ genannt, die weiblichen. Mit einem lautstarken „Im Gleichschritt, mmmarsch!“, feuerten beide die Jugendlichen an, zu einem einheitlichen Schritt zu finden. Es mag manchem dieser Heranwachsenden seltsam angemutet haben, plötzlich solche Töne von bisher vertrauten Menschen zu vernehmen.
Ich war froh, dass ich nicht marschieren musste. Wegen meines missgebildeten Fußes hätte ich das ohnehin nicht gekonnt. Außerdem trug ich schon damals eine tiefe Abneigung gegen alles Militärische in mir. „Ich bin zivil, ziviler als die meisten Zivilisten“, lautete mein Leitspruch, den ich in einem Film über den braven Soldaten Schwejk aufgeschnappt hatte. Und wäre nicht die von mir angebetete, aber an jenem Tag mit mir verstrittene Anneliese unter den weiblichen Marschierern gewesen, ich hätte einen Arzt aufgesucht und mir ein Attest wegen Keuchhusten, Bindehautentzündung oder sonstwas besorgt.
„Gesellschaft für Sport und Technik“, das war Vorbereitung auf den Militärdienst: Marschieren, Schießen, Geländelauf. Egal, ob Männlein oder Weiblein.
Und auch wir mit Behinderung wurden nicht ausgegrenzt. Für uns gab es den Innendienst.
Fünf Mann zählte diese Gruppe im Lager. Unser Gruppenführer hieß Anton Mautner. Er war als Zwölfjähriger im Fuhrbetrieb seiner Eltern beim Kuppeln eines Anhängers unter das Rad der Zugma-

schine geraten. Nun fehlten ihm ein Stück des rechten Fußes und zwei der äußeren Zehen. Sozusagen als Ausgleich dafür hatte er von Amts wegen einen Schwerbeschädigtenausweis erhalten. Aber niemand konnte ihm sein Handicap ansehen. Er hinkte nicht einmal andeutungsweise. Mautner hatte im Gegensatz zu mir nur den Abschluss der achten Klasse. Aber er war um ein Lehrjahr voraus. Und er besaß eine athletische Figur, galt deshalb als unangefochtener Anführer in seiner Klasse, die aus sogenannten B-Schülern bestand, welche es nicht bis zur Zehnten geschafft hatten. Jetzt zierte links und rechts ein roter Balken die Schulterstücke seiner Uniformjacke. Es gab unter uns nicht nur A-Schüler wie mich mit einem 10.-Klasse-Abschluss und solche mit einem B vor der Bezeichnung. Wir hatten auch noch die Lehrlinge der C-Klassen. Die wurden zu Teilfacharbeitern ausgebildet. Sie mussten die Schule bereits nach dem siebenten, sechsten oder gar fünften Schuljahr, also als Sitzenbleiber, verlassen. Und gleich drei von diesen Versagern komplettierten unsere Innendienstmannschaft: „Al Capone“, der „Tod“, und Martin.

„Innendienstmannschaft zum Arbeitseinsatz antreten!“, befahl Anton Mautner. Irgendwoher hatte er eine Order erhalten, was wir tun sollten.

Der Hausmeister lag seit Wochen im Krankenhaus. Da war es passend, wenn nun jemand an seiner Stelle Holz für den Ofen im Heizhaus herrichtete.

Natürlich hatte ich mich nach Mautners Befehl so postiert, dass es einen bewusst legeren Eindruck machte. Einen Fuß weiter vorn und mit locker baumelnden Händen. Sollte einer was zu mir sagen! Mit

diesem Bein konnte ich nicht anders. Die drei neben mir sahen das ernster. Sie standen aufrecht und streng in Reihe, mit durchgedrückten Knie und Händen an den Hosennähten.
Als wir mit geschulterten Äxten zum Heizhaus liefen, begegneten wir den anderen männlichen Nachwuchskämpfern. Sie kamen zum Tor herein, um eine Runde um das Rondell mit der Thälmannbüste zu marschieren. „Auf, auf zum Kampf …“ schallte es aus über vierzig Jungmännerkehlen, „… zum Kampf sind wir geboren …“ In der Mitte der Truppe lief der schlacksige Plathe, der wahrscheinlich wegen seiner Größe immer wieder aus dem Tritt kam, was dem Ganzen etwas Komisches verlieh. Zeitgleich waren aus dem Kiefernwäldchen die etwas sanfteren Mädchenstimmen mit „Links, links …“ beim Gleichschritt zu vernehmen.
„Die Innendienstleichen!“, rief Afrika-Steiner, A-Klasse, zweites Lehrjahr, als er uns erblickte. Eigentlich hieß dieser Heranwachsende mit den langen blonden Haaren, dem flaumigen Kinnbart und der runden Nickelbrille Rolf Steiner. Der Gesang wurde nun von Gelächter unterbrochen.
„Ruhe da vorn, weitersingen!“, befahl Leipold.
„Den greife ich mir!“, sagte Mautner und deutete auf Steiner. Der hatte seinen Doppelnamen einer Namensgleichheit mit jenem berüchtigten Legionär, der damals weltweit für Schlagzeilen sorgte, zu verdanken. Und einem T-Shirt. Das war schwarz mit einem weißen Totenkopf auf der Vorderseite und stammte wohl von der Westverwandtschaft dieses langhaarigen Blonden.

Im Internat trug Steiner dieses Shirt unter einer zugeknöpften Jeansjacke. Nur abends auf der Raucherinsel ließ er manchmal einen Blick auf das Ungeheuerliche zu, das ihm, wenn es Lehrern oder Erziehern vor die Augen gekommen wäre, einen Verweis oder Internatsverbot eingebracht hätte.
„Pass auf, dass ich dich heute Abend nicht mit zwei Steinen rasiere“, rief Mautner Steiner zu, was uns Innendienstkranke, die eben noch diese kollektive Beleidigung erfahren hatten, amüsierte.
Ich wäre nicht traurig gewesen, wenn dieser Steiner tatsächlich mal ein paar auf die Lampe bekommen hätte.
Al Capone drehte sein Gesicht, das zu einem wuchtigen, schwarzbehaarten Schädel gehörte, erst zu den Marschierenden, dann zu Mautner, und trottete mit tapsigen Bewegungen und gesenktem Kopf hinter dem „Tod“ her. Der hieß eigentlich Olaf Riem und war in seinem Äußeren das ganze Gegenteil von Al Capone: lang, blass, spindeldürr und mit einem ausgemergelten Kopf, der in seiner Form eher an die Konturen eines Greises erinnerte, als an einen fünfzehnjährigen Jungen. Riem schaute in Richtung Mautner mit einem Gesichtsausdruck, der auf rührende Weise sanft, bewundernd und unterwürfig zugleich war.
Nur der Letzte aus unserer Truppe, Martin Wendel, tanzte aus der Reihe.
Er warf nicht etwa unserem Gruppenführer einen dankbaren Blick zu, sondern hob seine rechte Hand in die Höhe, denn mit der linken hielt er ja die geschulterte Axt, und schnippte derart mit seinen kurzen, dicken Fingern, dass es sich wie ein lautes

Glucksen anhörte. Und als wenn dies nicht schon genug gewesen wäre, gab er ein seltsames Lachen von sich, ein mehrere Sekunden anhaltendes „Uuuuuh“, das auf- und abschwoll. Dieses Lachen rührte wahrscheinlich von einem Sprachfehler her, der seine Ursache in einer Missbildung im Inneren von Wendels viel zu kurzem Hals zu haben schien.
Hatte jemand diesen Ausbruch mitbekommen? Ja, Mautner. Der rief, offensichtlich peinlich berührt: „Ich tret' dir in den Arsch!“
Das Holzhacken wurde zum Panoptikum: Ich konnte wegen meines Fußes die schweren Klötze nicht herantragen, Al Capone bewegte sich derart tapsig, dass man jeden Moment fürchten musste, er wollte sich selbst mit der Axt zerlegen und der Tod war nicht in der Lage, mit der nötigen Wucht zuzuschlagen.
Aber irgendwie kamen wir doch mit unserer Arbeit voran, dank des kleinen, kugeligen Martin Wendel. Der schleppte neues Holz heran, stapelte die gespaltenen Scheite in einen Unterstand, so hoch er eben mit seiner gedrungenen Figur reichte, und griff zwischendurch selbst zur Axt.
In einer Anwandlung von Gönnerhaftigkeit rief Mautner mich zu sich und bot mir eine Zigarette an. Während wir rauchten, hörte ich ihn sagen: „Die machen das gut, alle drei.“ Und er spielte dabei mit der Muskulatur seiner kräftigen Schultern, indem er sie so kraftvoll hin und her bewegte, dass ich ein Knacken vernahm.
Martin Wendel astete noch immer Holz heran. Sein kugeliger Körper war obendrein von einem Haltungsfehler gezeichnet. Dieser Rumpf, dieser nur unvollständig ausgebildete Hals und die Tatsache,

dass der gesamte Mensch sich geduckt, ängstlich und wohl auch etwas zu hastig bewegte, gaben dem Ganzen etwas Trauriges und Komisches zugleich.
„Du kannst das“, rief Mautner Wendel zu, „es muss nur noch etwas schneller gehen!“ Der Angesprochene hielt kurz inne. Man konnte ihm deutlich ansehen, dass er mit Lob nicht gerechnet hatte. Ein anderer an seiner Stelle hätte jetzt vielleicht aus Verlegenheit gelächelt oder dezent gelacht. Wendel aber ließ statt des Lachens sein „Uuuhhh“ von vorhin noch einmal ertönen, schnippte mit den kurzen Fingern und machte sich dann an den von ihm herangekarrten Stammstücken zu schaffen. Besorgt dachte ich: „Wie lange hält dieser Junge das durch?“
Nach dem Mittagessen auf der Raucherinsel: Ich saß versonnen etwas abseits und dachte an den Streit mit meiner Freundin. Da gesellte sich Martin zu mir. Er sah abgekämpft aus. Sein Haaransatz an der Stirn war noch immer verschwitzt. Ein bisschen peinlich empfand ich seine Nähe schon. Vergeblich hielt ich nach Anneliese Ausschau.
„Sie wird doch aus dem Wald zurückgekommen sein?“, fragte ich mich besorgt und ging mit meinen Blicken alle Jungen auf dem Gelände ab um herauszufinden, ob einer fehlt. Es hätte ja sein können … Wenn man verknallt ist, dann laufen die Gedanken nicht nach den Gesetzen der Vernunft.
Möglicherweise war es gut, jetzt so einen abgebrochenen Zwerg wie Wendel neben sich zu haben. Man wirkt dann größer.
„Bis zu welcher Klasse hast du’s in der Schule geschafft?“, fragte ich ihn unvermittelt. „Bis zur siebenten“, lautete die Antwort.

Ein bisschen hatte ich nach der Vertrautheit vorhin gehofft, auch hier auf der Raucherinsel den Anschluss an Mautner zu bekommen, der als King des Internats und natürlich auch dieses Lagers galt. Aber nun saß der mit seinen Klassenkumpanen und einigen A-Klässlern zusammen. Dort dazuzugehören, das wäre eine Sache für mich gewesen.
Hatten er, Plathe und andere jetzt etwa zu uns herübergeblickt? Bestimmt machten sie Witze über diesen Jungen neben mir, der sich bis vorhin mit Übereifer verausgabt hatte.
„Willst du ’ne Zigarette?“, fragte ich Wendel gönnerhaft. Der antwortete: „Ich rauche nicht.“
Bevor ich weiter darüber nachdenken konnte, weshalb dieser Junge dann überhaupt auf der Raucherinsel war, kam Ulla aus meiner Klasse vom Duschen, wollte offensichtlich zu ihrem Wohnblock laufen.
In mir entwickelte sich der Gedanke, dass Anneliese vielleicht noch unter der Dusche steht, ihre blonden, langen Haare wäscht. Ich könnte nachschauen gehen. Die richtigen Kerle unter uns Lehrlingen hatten alle etwa achtzig Mädchen unseres Internates schon nackt gesehen. Dank Andreas, der in ihrem Waschraum eines Tages etwas von der weißen Farbe abkratzte, mit der man die Fensterscheiben blind gemacht hatte. Aber jetzt, am helllichten Tage, durch jene Stelle des Fensters illern? Das ging natürlich nicht.
„Ulla hat ein hübsches Gesicht“, hörte ich Angelika, einen Lehrling aus unserer Klasse, kürzlich sagen. Sie meinte damit vielleicht, dass dieses Gesicht ein gerechter Ausgleich für den Rest an diesem Mädchen war. Ein gewaltiger Rest. So gewaltig, dass

eine ihrer Zimmermitbewohnerinnen in der vielen Frauen eigenen Schadenfreude einmal auf der Raucherinsel verriet: „Wenn die sich abends auszieht, dann sieht man nicht, wo der Arsch aufhört und die Beine anfangen.“ Und die Voyeure unter uns männlichen Lehrlingen konnten das bestätigen. Eben dank Andreas, der an dem Farbanstrich gekratzt hatte.
Jedenfalls lief diese Ulla mit einem Handtuch über dem Arm an Mautner und seiner Truppe vorbei und die schafften es doch tatsächlich, das Mädchen zu viert zu packen, fortzutragen und auf die Wiese neben der Baracke zu legen.
„Ein Glück, dass Anneliese jetzt nicht dort langgekommen ist“, dachte ich. Denn ich konnte mir unmöglich vorstellen, dass ich als Retter bei all diesen Grobianen hätte dazwischen gehen können.
Dann sah ich meine Angebetete gemeinsam mit ihrer Freundin Veronika aus der Essensbaracke kommen. Ich wollte mich mit Winken bemerkbar machen. Plötzlich aber wurde ich von hinten gepackt, in den Schwitzkasten genommen und weggeschleppt. Von Achte-Klasse-Idioten, wie ich feststellen musste, Plathe, der Mautner in Sachen Körperbau und Auftreten kaum nachstand, und noch drei anderen. Was die nicht an Grips hatten, das hatten sie an Kraft in ihren Armen und Beinen.
Ehe ich begreifen konnte, was mit mir geschah, lag ich bäuchlings auf Ulla, was ein mordsmäßiges Geschrei und Gejohle der Umstehenden nach sich zog.
Die übergewichtige Klassenkameradin und ich waren nicht die ersten, die solch einen Scherz über sich ergehen lassen mussten. Aber mir war das besonders

peinlich. Ich wagte nicht, in Richtung meiner Anneliese zu blicken.
Als ich am Abend allein auf der Bude saß, wurde mir fiebrig. Ich spürte deutlich, wie meine Augen brannten und mein Gesicht zu glühen begann. Im Schulfunk, über den dank ungezählter Lautsprecher das gesamte Gelände beschallt werden konnte, ertönte Danyel Gérards „Butterfly“. An anderen Tagen hätte ich mich in dieses Lied hineinlegen können, heute war mir alles zuwider. Jemand schleppte draußen im Flur seine Biervorräte von der Kantine aufs Zimmer, man konnte das am Klappern der Flaschen erkennen. Ich hatte mir heute kein Bier geholt, verspürte nicht einmal Durst.
Dabei war es besser, hier im Lager Bier zu trinken. Wegen des „Hängenins“, von dem alle sprachen. Im Speiseraum standen je ein mit Malzkaffee und ein mit Tee gefüllter Behälter, die jeder an die fünfzig Liter fassten. Und in einem Regal befanden sich Tassen. Füllte man sich eines der Getränke ab, dann war die Tasse bald mit zwei Drittel Flüssigkeit und einem Drittel Schaum gefüllt.
„Hängenin“, hatte mich Plathe über dieses Phänomen aufgeklärt, „wenn du das Zeug trinkst und anschließend bumsen willst, dann kriegst du keinen hoch. Und wenn du es nach einer Weile doch noch schaffen solltest, dann ist das Loch bei der Braut inzwischen wieder zu.“
Wie hatte Leipold bei seiner Begrüßungsrede am ersten Ausbildungstag vor den neuen Lehrlingen und deren Eltern mit scharfer Stimme gesagt? „Und wenn einige der Mädchen und Jungen denken, dass sie bei uns Wild-West spielen können, dann darf ich

hier versprechen: Wir werden alles tun, um so etwas zu verhindern!“

Statt meinen Biervorrat aufzufüllen, lief ich an diesem Abend zum Sanitätsstützpunkt und ließ mir von meinem Verfahrenstechniklehrer Weller, der jetzt in der GST-Woche oberster Sanitäter mit drei roten Balken links und rechts an den Schulterstücken war, ein Fieberthermometer geben.

„So, und jetzt bleiben Sie hier sitzen und klemmen sich das Ding unter den Arm, bis ich wieder da bin!“, bekam ich gesagt und saß Augenblicke später allein in der Sanitätsstube.

„Sechsunddreißig acht“ musste ich zu meinem Erstaunen nach fünf Minuten von der Skala ablesen. Und dabei hatte ich so gehofft, dass man mich wegen Krankheit nach Hause schickt.

Ein kurzes heftiges Reiben des Thermometerschaftes an meinem Uniformärmel schaffte Abhilfe. 41,4 zeigte das Instrument jetzt an. Das war entschieden zu hoch. Mit vorsichtigem Schütteln korrigierte ich bis auf 38,8 Grad und klemmte mir das Messgerät wieder unter den Arm.

Als Weller zurück war, streckte ich ihm das „Ergebnis“ wortlos entgegen.

„Nun, dann sind Sie wohl krank und müssen morgen nach Hause fahren“, sagte er und fügte hinzu: „Dann gehen Sie jetzt auf Ihr Zimmer und legen sich ins Bett!“

„Scheiße!“, dachte ich Augenblicke später, als ich auf dem karierten Bezug in der unteren Etage des Doppelstockbettes hockte. Auf dem Flur draußen gab es jetzt irgendwelche Kampeleien von Jungen mit Mädchen. Ich glaubte auch Annelieses Stimme

zu erkennen. Anneliese – wie konnte man ihr nur solch einen altmodischen Namen verpassen?
Von der Raucherinsel drang lautes Johlen durch das halboffene Fenster bis zu meinem Leidensort. Irgendwie wäre ich jetzt auch gern draußen gewesen, um zu sehen, was sich dort abspielt, oder zumindest auf dem Flur. Ob ich einfach rausgehe? In dieser Scheiß-Uniform und dazu noch im Dunkeln auf der Raucherinsel würde mich ohnehin keiner der Lehrmeister mitbekommen.
Doch diese Gedankengänge sollten sich gleich von selbst erledigt haben. Nachdem ich nun schon dreißig Minuten „Fieber" hatte, wurde plötzlich die Tür geöffnet und Weller trat ein. In der Hand hielt er bewusstes Thermometer. „Ich mache mir echte Gedanken um Sie", sagte er in einem besorgt klingenden Ton, der nichts Gutes ahnen ließ. „Am besten, wir messen gleich nochmal, damit wir notfalls einen Arzt rufen können!"
Weller setzte sich auf das Bett gegenüber und blickte auf seine Armbanduhr. „Fünf Minuten", verkündete er, „in fünf Minuten wissen wir mehr."
Ich hörte in meinen Körper hinein, ob da nicht wenigstens ein bisschen Fieber wachgerufen werden könnte, stellte mir vor, dass ein warmer Schauer durch meine Arme und Beine fährt. Mit aller Willensanstrengung versuchte ich, die Hitze auf meinen Wangen und das Brennen in den Augen von vorhin zurückzurufen.
Aber Weller war flinker: „Die Zeit ist um", verkündete er für meine Begriffe viel zu früh fast feierlich und streckte die Hand in meine Richtung. Automa-

tisch, wie unter Zwang, legte ich das Messinstrument hinein, ohne vorher auf die Skala zu schauen.
Jetzt war dies das Spiel meines in eine Uniform geschlüpften Berufsschullehrers. Vor einem Vierteljahr noch lief es andersherum. Andreas aus unserer Klasse war auf die Idee gekommen, ein Stück Eis aus dem leicht zugefrorenen Feuerlöschteich neben dem Unterrichtskabinett zu brechen und dieses auf den Stuhl hinter dem Lehrertisch zu legen. Weller setzte sich arglos.
In der darauf folgenden Unterrichtsstunde war es wieder Andreas, der den Klemmmechanismus seines Messtabellenordners aufspannte und geräuschvoll zuschnappen ließ. Auf und zu, auf und zu. Bald stimmten Sebastian, ich, Bernhardt und Hartmut im Gleichtakt in dieses Konzert ein. Wenig später waren es alle 28 Lehrlinge unserer Klasse, die Mädchen inbegriffen.
Zunächst tat Weller so, als würde er dies alles nicht bemerken und unterrichtete weiter. Auch wir taten so, als würde nichts geschehen. Wir meldeten uns wie gewohnt, nahmen ganz „normal“ am Unterricht teil. Nur, dass es dazu immer wieder das Geräusch der zuschnappenden Mechanik gab.
Wir hatten den längeren Atem. Unser Lehrer lief nach nebenan in seinen Vorbereitungsraum. Bärbel stand auf, um nach ihm zu sehen.
Mit den Worten „Der heult!“, kam sie zurück. Da tat Weller mir und sicher auch anderen von uns leid.
Der nun in die Rolle des obersten Sanitäters in eine Uniform Geschlüpfte machte es besonders spannend. Er blickte auf das Thermometer, dann auf mich, dann wieder auf das Thermometer. Aus seiner Mimik las

ich Erstaunen und Überraschung. Schon kam so etwas wie Hoffnung in mir auf.
Dann verkündete er: „Ein Wunder! Ich gratuliere, sechsunddreißig neun, da sind Sie aber schnell wieder gesund geworden!"
Der Rest des Abends verlief genau so niederschmetternd. Meine drei Mitbewohner in unserem Gemeinschaftszimmer wollten und wollten kein Ende finden mit ihren Blödelein. Außerdem furzten sie um die Wette und freuten sich darüber wie die Kinder. Ich war von Liebeskummer und der Demütigung am Nachmittag geknickt, schlief irgendwann ein.

Der zweite Tag begann mit einem Appell schon vor dem Frühstück. Auch wir „Innendienstleichen" mussten antreten. Riem, der „Tod", hatte sein Käppi vergessen und wurde von Mautner zurück aufs Zimmer gescheucht, um seine Uniform zu komplettieren. Als er zurückkam, zeigte das Gesicht dieses sonst immer blassen Jungen eine leichte Rötung. Sollte das Wut sein? Ich konnte mir das nicht vorstellen, jedenfalls nicht bei ihm.
Al Capone legte die Hände bereits an die Hosennaht, noch ehe das „Stillgestanden" des Lehrobermeisters ertönte, und Martin schnippte unruhig mit Daumen und Zeigefinger. Fehlte nur noch, dass er sein kehliges „Uuuuhh" in diesen beschissenen Morgen geblökt hätte.
Aus dem Lautsprecher des Verwaltungstraktes quäkte blechern ein Trompetensignal. „Stillgestanden", tönte Lehrobermeister Leipolds Befehl. Und „Rrrricht euch!"

Beim Ausrichten kam es zu einigen Schubsereien. „Ruhe im Glied!“, donnerte da einer der Ausbilder, was Raunen und verhaltenes Lachen bei den Angetretenen nach sich zog.
Erneut plärrten die Trompetenklänge aus dem altertümlichen Lautsprecher.
„Hisst Fahne!“, lautete jetzt der Befehl. Ulla und Karin aus meinem Ausbildungsjahr kurbelten die DDR-Fahne nach oben. Die eingerostete Mechanik quietschte. Genau so hatten vor wenigen Jahren Spaßvögel diese Kurbel betätigt. Nur, dass an dem Haken damals nicht die Symbole der Republik baumelten, sondern Lehrer Sukales Holzbein. Spitzbuben hatten sich vor Sonnenaufgang in das Zimmer des überstrengen und deshalb verhassten Pädagogen geschlichen, dessen Mitbringsel aus dem Weltkrieg an sich genommen und schließlich den Fahnenmast hinaufgekurbelt.
Die Täter wurden nie ermittelt, der Berufsschullehrer ging nach diesem Vorfall in Rente. Das Geschehene aber lebte während jeder GST-Woche neu auf und die hinzugekommenen Lehrlinge wurden von den Alteingesessenen gefragt: „Wisst ihr eigentlich …?“
Nach dem Frühstück setzten sich die Mädchen im Gleichschritt Richtung Schießstand in Bewegung, die Jungen mussten das Aufsetzen der Gasmasken üben.
Auch wir vom Innendienst waren da nicht ausgeschlossen. „Tasche auf, Inhalt raus, Filter aufschrauben, Maske übers Gesicht, Sitz prüfen …“ Fehlte nur noch, dass Gummi-Ohme sein unverwechselbares „Nöch“ zwischen die Befehle gerufen hätte.

„Wenn ihr ein Prüfprotokoll schreibt, nöch, dann müsst ihr die Menge des Katalysators unter Punkt fünf vermerken, nöch. Und unter Punkt sechs vermerkt ihr die Uhrzeit. Aber nicht schummeln, nöch. Es gibt da Kandidaten, die schlafen während der Nachtschicht und nehmen die Prüfwerte, wenn sie gerade mal wach sind, nöch …“

Wenn dieser Lehrer vor unserer Klasse stand, dann konnten wir einfach nicht anders, als ihn drollig zu finden und zu mögen. Und wir folgten seinen Ausführungen aufmerksam, schließlich führten wir Strichliste, wie oft sein berühmtes Füllwort ertönte. Auf bis zu fünfundvierzig Mal „nöch“ innerhalb einer Unterrichtsstunde konnte er es locker bringen.

Die einen meinten, dass Ohme, wenn er in seinem blauen Dederonkittel im Lehrkabinett vor uns stand, klein, mit breiten Hüften und schmalen Schultern, seinen abstehenden Ohren und einem Schneidezahn, der zur Hälfte aus Gold bestand, ein wenig an Schweinchen Dick aus dem gleichnamigen Zeichentrickfilm erinnerte. Andere erkannten in seiner Statur eher ein Gummibärchen, eine damals beliebte Nascherei aus Gelatine. So hatte unser Lehrer eben zwei Spitznamen.

Und nun stand er vor uns, brüllte „Gas!“, ließ uns die Masken aus der Tasche nehmen. In seiner graugrünen Uniform, mit der Kiefernpflanzung im Hintergrund und der lächerlichen Figur ähnelte er in diesem Moment in meinen Augen einem unheimlichen Fabelwesen, einem Waldgeist, der zur Untermalung der Befehle wild mit den kurzen Armen wedelte und dessen blitzender Schneidezahn plötzlich etwas Bedrohliches annahm.

Nein, das war nicht mehr unser Gummi-Ohme, unser „Schweinchen Dick“! Mit einigem Erschrecken ahnte ich in diesem Augenblick, was eine Uniform aus dem Menschen machen kann.
In dem Bewusstsein, im Falle eines Gasangriffes nach zwei Minuten tot zu sein, wenn es uns nicht gelänge, diesen verdammten Gummischnuffi innerhalb von dreißig Sekunden anzulegen, liefen wir Innendienstler Richtung Heizhaus.
Auf dem Weg dorthin musste ich wieder an Anneliese denken. Nebenan, hinter der Mauer, befand sich der Schießstand. Und dort ballerten die Mädchen gerade mit KK-Gewehren auf Scheiben. Mich beschäftigte in diesem Moment, ob es eine Versöhnung geben könnte, dachte an das, was zwischen mir und meiner Freundin geschehen war.
„Du und Al Capone, ihr kommt heute mit, Löcher für Zaunspfähle ausschachten“, befahl Mautner in Richtung Wendel. „Und du“, damit wandte er sich an mich, „du wirst mit dem da“, und er zeigte dabei auf Olaf Riem, „hier das Holz stapeln und ein bisschen Ordnung machen!“
Plötzlich geschah etwas, womit keiner von uns gerechnet hatte. „Dem da, dem da …“, äffte der Junge mit dem ausgemergelten Gesicht seinen Gruppenführer nach. Und Riems Gesicht nahm dabei wieder jene Farbe an, wie am Morgen schon beim Holen des Käppis.
Doch das Aufbegehren dauerte nur Augenblicke. Noch ehe der Junge zu Ende sprechen konnte, hatte Mautner schon dessen Arm gepackt und verdrehte ihn hinter dem Rücken des Unglücklichen.

„Sag, was du mir zu sagen hast, du Tod, du!“, forderte der Gruppenführer, und als Riem sich vor Schmerzen wandt und dabei wie ein Kind wimmerte, forderte sein Peiniger erneut: „Los, du wolltest etwas sagen, ich höre!“ Und er vestärkte seinen Griff.
In diesem Moment wurde mir schlagartig klar, warum man diesem Achtklassenabgänger den Balken am Schulterstück verpasst hatte und nicht mir. Ich war kein Vorgesetzter, keine Respektsperson. Ich hätte an Mautners Stelle garantiert gefragt: „Was habe ich falsch gemacht, dass du so mit mir redest?“ Oder es wäre gar nicht soweit gekommen, weil die Sache mit dem Käppi vor dem Apell bereits in einer anderen Tonart geregelt worden wäre.
Ich begann zu überlegen, ob ich ein Weichei bin. Einer, der sich nicht richtig durchsetzen kann. Deshalb wohl legte man mich auch in aller Öffentlichkeit der dicken Ulla auf den Bauch. Undenkbar, dass man so etwas mit Mautner auch nur versucht hätte!
Während solcher Gedanken wurde ich unerwartet „geadelt“: „Bis wir zurückkommen, bist du mein Stellvertreter. Pass auf, dass der dort“, Mautner deutete auf Riem, „sich vor Faulheit nicht ein drittes Ei wachsen lässt!“
Als die drei mit Spaten und Hacken ins Außengelände liefen, war ich Chef am Holzstapel.
Zu allem Überfluss kam der Lehrobermeister zum Heizhaus und erkundigte sich, was wir zu tun hatten. Die Dinge waren schnell erklärt und Leipold verabschiedete sich, nur an mich gewandt, mit den Worten: „Dann verlasse ich mich auf Sie, dass alles so wird, wie Sie sich das vorgenommen haben!“

Wumm, das saß! Riem war ein Nichts und ich sein Vorgesetzter. Ich fand mich in einer Rolle wieder, die ich nie gewollt und mit der ich niemals gerechnet hatte. Und die mir doch irgendwie schmeichelte. Wie sollte ich jetzt sein, was erwartete man von mir?
Leipold war nicht mehr zu sehen. Olaf Riem und ich standen allein neben all der unerledigten Arbeit.
„Wir stapeln jetzt Holz!“, sagte ich mit einer Bestimmtheit, die ich mir selbst nicht zugetraut hatte. Und ich erschrak über meinen Ton. War ich das? Aber ich konnte nicht weiter über diese Frage nachdenken.
Der Junge mit den schmalen Schultern, dem blassen Gesicht und der leicht nach unten hängenden Unterlippe, die mir erst jetzt auffiel, machte sich wie von starker Hand gezwungen daran, das restliche am Vortag von Wendel gehackte Holz zu stapeln.
Die Jacke seiner Uniform war viel zu breit. Die Schultern hingen über und die zu langen Ärmel verdeckten teilweise seine bläulichen Hände. Nachdem Riem zehn oder fünfzehn Scheite aufgehoben hatte, hingen seine Arme kraftlos nach unten. Sein an ein Totenschädelchen erinnernder Kopf ragte zwischen den Schulterstücken hervor. Dieser Vierzehnjährige sah für mich aus wie ein Vogel, der mit nassem Gefieder und hängenden Flettchen auf sein Ende wartet. Was hätte Mautner in diesem Moment gemacht? „Ich tret’ dir in den Arsch!“ gerufen?
„Was ist los?“, fragte ich den Jungen mit dem grausamen Spitznamen zaghaft. „Ich kann nicht mehr, der hat mir vorhin meine Schulter verdreht. Die kugelt immer aus. Ich bin deswegen schon viermal operiert worden.“

Nun wusste ich, weshalb der „Tod“, zu den Innendienstleichen gehörte. So einen mickrigen Kerl wie ihn hatte ich noch nie gesehen. Aber wo sollten die Muckis herkommen, wenn er seine Arme kaum gebrauchen konnte?
„Ich stapele das Holz und du kehrst nachher die Rindenstücke zusammen“, sagte ich in vertraulicherem Ton. Aber ein bisschen Befehl musste bleiben, das war ich meiner neuen Stellung, dieser Situation und was weiß ich noch was oder wem, schuldig.
In dem Bewusstsein, nun für zwei zu arbeiten, schuftete ich bis zum Mittag. Schließlich hätte der Lehrobermeister jeden Moment auftauchen und nach dem Stand der Dinge sehen können.
Während der Mittagspause, an der Essensausgabe, gab mir Anneliese ein Zeichen. Ich schlang hastig meine Makkaroni hinunter und wartete draußen.
„Ich muss mit dir reden. Heute Abend, wenn es dunkel wird, hinter der Turnhalle!“
Das klang geheimnisvoll. Den Rest des Nachmittags brachte ich irgendwie hinter mich. Riem tat, wahrscheinlich um mir zu gefallen, sein Bestes. „So, jetzt bin ich fertig mit Fegen. Soll ich noch neues Holz heranbringen?“
Bloß nicht! Ich war froh, dass unser Arbeitsplatz, oder auch „unser Kampfplatz für den Frieden“, wie das damals genannt wurde, sich nun in einem einigermaßen ordentlichen Zustand befand. Eigentlich wollte ich Feierabend machen, mit Riem zum Duschen gehen, da erschien Mautner samt Gehilfen.
Al Capone trug seine Uniformjacke aufgeknöpft und taumelte mehr als sonst. Beim Näherkommen konnte ich sehen, wie seine Haare verschwitzt am Schädel

klebten. Trotzdem lag ein zufriedenes Lächeln über seinem breiten Gesicht. „Geschafft“, hörte ich ihn in Gedanken sagen. Und er war wohl mit sich und seiner Welt im Reinen.

Anders verhielt es sich bei Wendel. Der lief vornübergebeugt und ließ den Blick unruhig über den Boden huschen.

Wahrscheinlich wollte er nicht dem Mautners begegnen.

Der erklärte mir: „Ich gehe duschen. Und der dort“, er zeigte auf Wendel, „braucht noch eine Sonderbehandlung. Das machst du. So ein faules Schwein. Da hätte der Tod mehr geschafft!“

Mautners Ansage war eindeutig. Und bereits eine Minute später tat ich etwas, das ich mir niemals zugetraut hätte, das mir noch heute die Brust abschnürt, wenn ich nur daran denke: „Jugendfreund Wendel“, befahl ich, „stillgestanden! Spaten fassen! Im Gleichschritt, marrrsch!“

Das Wort „Gleichschritt“ war Schwachsinn. Den Spaten geschultert, exerzierte Wendel dennoch im Stechschritt über den Lagerhof neben mir her.

Das blieb nicht unbemerkt. Unser Gruppenführer kam mit freiem Oberkörper und einem Handtuch im Nacken über den Hof und registrierte mit offensichtlichem Wohlgefallen Wendels Gehorsam. Dabei rollte er erneut unter Anspannung seiner Muskeln mit den Schultergelenken, was nicht nur athletisch aussah, sondern zugleich einen verkrampften, zwanghaften Eindruck machte. Obendrein streckte er noch sein Kinn nach vorn und strengte unnatürlich lange seine Halsmuskeln an. Dies tat er, bis die Schlagadern hervortraten.

Ich ließ Wendel bis zu jener Stelle im Wald laufen, an der die Löcher für die Pfähle einer Umzäunung gegraben werden sollten.
Dort angekommen, befahl ich: „Jugendfreund Wendel, stillgestanden!“ Noch nie zuvor hatte ich wirklich befohlen und noch nie hatte mir jemand gehorchen müssen. Meine Stimme bebte vor Aufregung. Sollte ich den Lehrobermeister fragen, ob auch ich rote Balken für meine Schulterstücke bekomme?
Leipold kam in diesem Moment mit zwei Jungen vom Schießstand. Die hatten jeder fünf oder sechs Gewehre geschultert.
„Was soll das? Jetzt ist doch Schluss!“, wandte sich der oberste Lagerchef an mich.
„Sondereinsatz, kommt von Mautner“, gab ich zu verstehen und versuchte dabei unauffällig mit meinem rechten Auge zu zwinkern.
„Ach so, aber macht nicht mehr so lange!“ Leipold lief weiter Richtung Lagertor und ich meinte, ein Schmunzeln in seinem Gesicht zu erkennen.
„Ich kann nicht mehr und ich will nicht mehr!“ Wendel ließ sich etwa zwanzig Minuten und ein Zaunspfahlloch später ins Gras fallen und zeigte damit unmissverständlich, dass das Ende der Fahnenstange erreicht war. Natürlich hatte er das wieder in seiner unkenähnlichen Stimmlage gesagt. Aber diesmal klangen seine Worte anders als sonst. Trotz, Verzweiflung und Gleich-Heulen-Müssen glaubte ich herauszuhören.
Da war nichts mehr zu machen. Das spürte ich.
Sollte ich weiter kommandieren? Ihm in den Hintern treten oder vielleicht gar seinen Arm verdrehen, wie

es Mautner vielleicht getan hätte? In mir stieg so etwas wie eine Versuchung auf …

Aber dann war ich wieder ich selber und sagte: „Wir bleiben noch ein paar Minuten hier sitzen. Die anderen können denken, dass du noch schachtest. Dann gehen wir zurück und du machst Feierabend.“

Als wir durch das Tor ins Lager liefen, trug mein Begleiter in der Linken den Spaten und mit den Fingern seiner rechten Hand schnippte er kaum hörbar. Ein wenig glaubte ich dabei den Takt einer bekannten Melodie herauszuhören.

„Meine Regel ist ausgeblieben“, verriet mir Anneliese dann nach dem Abendbrot zur vereinbarten Zeit am vereinbarten Ort. Das war es also, was sie mir zu sagen hatte! Ich fühlte mich, als würde ich mit jenem Spaten, mit dem Wendel Stunden zuvor noch geschachtet hatte, eine übergeklatscht bekommen. „Fünf Minuten Reitersmann, achtzehn Jahre Zahlemann!“, kam mir augenblicklich in den Sinn.

„Wie lange schon?“, wollte ich wissen.

„Erst ein paar Tage. Vielleicht liegt es aber daran, dass ich mit der Pille angefangen habe.“

Dann sagte eine Zeitlang keiner von uns etwas. Ich merkte nur, dass die Heizungsfernleitung, auf der wir saßen und die bestens isoliert war, keine Wärme durchließ und mein Hinterteil langsam auskühlte. Oder einfacher gesagt: Ich merkte meinen Arsch vor Kälte kaum noch. Es war Mitte Oktober und da kühlt es sich in den Nächten empfindlich ab.

Unserem Streit vorausgegangen war eine der üblichen Szenen: Ich, von Eifersucht geplagt, hatte lamentiert, weil Anneliese einen durchsichtigen Netzbüstenhalter trug. „Läufst du so etwa auch vor dei-

nem Bruder herum?“, wollte ich wissen. Dabei war das doch wirklich Unsinn. Wer würde schon auf solche Gedanken kommen, außer mir? Bruder und Schwester … Oder griff ich meine Befürchtungen doch nicht aus der Luft? Werner, ihr Bruder, war ein achtundzwanzigjähriger, unverheirateter Säufer. Beide schliefen im gemeinsamen schmalen Kinderzimmer der elterlichen Wohnung. Ihre Betten waren nur durch einen Gang von der Breite eines Nachtschränkchens getrennt. Und er soll es wohl schon versucht haben. Anneliese hatte mir das von sich aus verraten …
Weshalb dann dieser aufreizende Fummel zu Hause? Ich war doch wirklich im Recht gewesen. Oder?
Wir saßen also auf jenem Rohr und sagten lange nichts. Von weit her drang das Johlen der anderen auf der Raucherinsel bis zu uns herüber. Es war eine bedrückende Situation für uns beide. Sollte ich gehen und einfach sagen, dass es vorbei ist? Oder doch lieber Annelieses Hand fassen, wie ich es schon oft nach einem Streit getan hatte?
Meine Gedanken waren wie so oft viel zu naiv und zurückhaltend. Denn jetzt geschah, womit ich eigentlich hätte rechnen müssen, bei dieser Freundin, worauf ich im Unbewussten vielleicht sogar gehofft hatte: Anneliese machte sich am Hosenstall meiner Uniform zu schaffen, beugte ihr Gesicht über meinen Schoß. Nach einer Weile stand sie auf, griff nach meiner Hand, zog mich hinter sich her und lehnte sich an die Mauer der Turnhalle.
Hier und jetzt? Passieren konnte wohl nun ohnehin nichts mehr. Und wenn sie nicht schwanger wäre, dann würde inzwischen die Pille wirken. Und außer-

dem war mir saukalt am Arsch, so dass ich ohnehin hätte hochstehen müssen. Ich spürte, auch dank Annelieses Stimulation, plötzlich einen derartigen Überdruck, dass mein Verstand aussetzte und ich nur noch daran dachte, wie ich ihre Hose möglichst schnell nach unten bekommen konnte. „Hoffentlich geht er nicht schon vorher ab“, war mein einziger Gedanke bei der Behandlung, die mir inzwischen mit Annelieses Fingern zuteil wurde.
Als ich die Schambehaarung meiner Freundin bereits an meinem besten Stück spürte, da raschelte es im Gesträuch hinter uns. Also: Hose hoch, alles wieder weggepackt. „War da jemand?“, fragte ich unsicher. „Ich denke, ja“, antwortete Anneliese.
Als wir zur Raucherinsel liefen, hatte ich das Gefühl, bereits einen Teil meines Überdruckes losgeworden zu sein.
Im Gras saß Wendel. Und um ihn herum standen oder kauerten mindestens vierzig Lehrlinge. Andere hatten sogar zwei Bänke herangeschleppt, um es möglichst bequem zu haben.
Bevor meine Angebetete und ich erkennen konnten, worum es ging, sahen wir Stolle aus der Dunkelheit neben der Turnhalle hervorschleichen. Stolle war neben Schön einer jener beiden neuen Erzieher in unserem Internat, die zehn Jahre bei der Armee abgedient hatten. Solchen Ehemaligen wurde danach vom Staat eine Arbeit im zivilen Leben zugewiesen. Diesen Leuten sah man an ihrer militärischen Körperhaltung an, woher sie kamen. Und man hörte es an ihrer Art, wie sie mit den jungen Leuten sprachen. Ihre Mimik war vom jahrelangen Befehlen und Herumschreien hart und kantig geworden. Wahrschein-

lich sollten diese Nussknackergesichter nun uns Schliff beibringen. Während Schön dennoch jemand geblieben war, mit dem man reden konnte, ließ Stolle bei allen Gelegenheiten den Unteroffizier heraushängen.
Einmal hatte er dem ansonsten immer ruhigen Arnulf, ein Lehrling aus der B-Klasse im dritten Lehrjahr, befohlen, eine Zigarettenschachtel von der Raucherinsel aufzuheben. „Das ist nicht meine, die habe ich nicht weggeworfen. Ich rauche nicht …“ Ein Wort ergab das andere, fast wäre es zum Gaudi der Umstehenden zur Schlägerei gekommen.
„Das klären wir sportlich im Ring!“, hatte Stolle da gönnerhaft verkündet. Der Ring wurde aufgebaut, hundertzwanzig Lehrlinge versammelten sich in der Turnhalle. Arnulf und der Erzieher ließen ihre Boxhandschuhe zuschnüren, der Gong ertönte. Stolle begann zu tänzeln, schnellte seine Linke spielerisch nach vorn. Im selben Moment streckte Arnulf da seine Rechte aus und der ehemalige Unteroffizier ging von einem einzigen Schlag zu Boden. Der Lehrling hatte nicht verraten, dass er zu Hause in einer Betriebssportgemeinschaft boxte.
Von diesem Tag an war der Niedergestreckte etwas ruhiger. Nach außen hin. Was in seinem Inneren vor sich ging, das konnten die ihm anvertrauten jungen Leute bestenfalls ahnen.
Jetzt forderte Annelieses und meine Aufmerksamkeit, was sich auf dem Rasen neben der Raucherinsel zutrug. Afrika-Steiner, der im Schutze der Dunkelheit die oberen drei Knöpfe seiner Uniformjacke offen trug, damit man sehen konnte, dass er sein schwarzes T-Shirt anhatte, rief: „Und jetzt wollen

wir „Rock me baby“ von Johnny Nash hören. Er blickte dabei durch seine Brille mit den kreisrunden Gläsern. Man sah ihm an, dass er danach fieberte, zu erfahren, was gleich geschehen würde.
„Nee, das will ich nicht“, antwortete da eine rauhe, glucksende Stimme. „Ich finde die Fassung mit Eric Clapton besser. Wenn der mit seiner E-Gitarre loslegt …“ Der im Sitzen noch kleiner wirkende Wendel streckte seinen linken Arm zur Seite, als würde er damit den Hals einer Gitarre umfassen, und ließ seine an Würstchen erinnernden Finger nach Saiten greifen, die es in Wirklichkeit nicht gab. Mit der Rechten schlug er Akkorde und imitierte mit einer wie aus einem leeren Plasteeimer kommenden Stimme Töne, die er diesem Luftgitarrenspiel entlockte. Dabei wippte er den ganzen Körper und auch seinen ansonsten unbeweglichen Kopf. Schließlich begann er zu singen: „Rock me, rock me, baby/Rock me out here on the floor/Rock me, rock me, rock me baby/Rock my till I want no more ...”
Ich konnte deutlich erkennen, wie Sebastian aus meiner Klasse mit den Fingern schnippte und seine lange Mähne wippen ließ.
„Come on, come on/Rock me, rock me, rock me, baby ...”, grummelte Wendel weiter und blickte dabei zu den um ihn Stehenden hinauf. Die quittierten seine Darbietung mit rhythmischem Klatschen. Einige wohl aus Respekt, die weitaus meisten aber wohl aus der Begeisterung heraus, dass in diesem öden Lager und an solch einem langweiligen Abend endlich etwas passierte.
Es war tosender Beifall, mit dem der kleine, dicke Junge schließlich belohnt wurde.

Afrika-Steiner war außer sich. „Hast du auch ‚Lady in Black' von Uriah Heep drauf?"
Der am Boden Sitzende ließ sich nicht lange bitten: „She came to me one morning,/One lonely Sunday morning,/Her long hair flowing in the mid-winter wind ..."
Wendel hätte sicher noch weiter gesungen. Aber Stolle stand plötzlich zwischen uns, klatschte in die Hände und rief: „Herrschaften, Feierabend! In dreißig Minuten ist Zimmerdurchgang!"
„Aber morgen singst du wieder?", hörte ich den ungelenk watschelnden Al Capone Wendel fragen, als ich hinter den beiden zur Schlafbaracke lief. Ich spürte jetzt die Arbeit des Tages in meinen Knochen und war froh, dass es nun endlich in die Falle ging. Anneliese hatte sich zu ihrer Freundin Veronika gesellt und war mit dieser und einigen anderen auf der Raucherinsel geblieben, um in aller Schnelle noch eine Zigarette durchzuziehen.
Eine Stunde später im Zimmer: „Bernd, kannst du eigentlich auch singen?", fragte Andreas, der im Doppelstockbett nebenan oben lag, in die Dunkelheit.
Das war mir zu blöd. Nur, weil ich nicht zu denen gehörte, die über Waldwege marschierten, musste ich noch lange kein Clown sein. Ich beschloss, nicht zu antworten.
Doch Andreas ließ nicht locker: „Ob du auch singen kannst, habe ich dich gefragt."
Dieser Mitlehrling konnte ein Schwein sein. Gestern hatte er Ulla das Uniformkäppi geklaut, es sich selber aufgesetzt und war damit, zum Vergnügen der anderen Lehrlinge, herumgesprungen. Dann

knautschte er das Uniformstück zusammen, faltete es wieder auseinander und setzte es seiner Besitzerin verbeult auf den Kopf. Als die ihm dafür eine scheuern wollte, ergriff er deren Arm und verdrehte ihn, bis Ulla zu heulen begann.
„Ich singe nicht und damit basta. Lass mich in Ruhe, ich will jetzt schlafen!“, entgegnete ich eindeutig und bestimmt.
Vielleicht zu eindeutig, wie ich gleich feststellen sollte. Denn nach etwa einer Minute fragte Andreas in die Dunkelheit hinein mit tiefernster Stimme: „Bernd?“
„Ja“, antwortete ich gequält.
„Ich wollte nur wissen, ob du schon schläfst.“
„Scheiße, lass mich in Ruhe!“ Ich war ohnehin stinksauer gewesen, als ich am Montag erfahren musste, mit wem ich die Woche in einem Zimmer verbringen würde. Aber Bernhard, mein Mitbewohner, mit dem ich sonst ein Zweibettzimmer teilte, hatte sich krank gemeldet. Und nun war ich bei diesen Rabauken gelandet.
Es dauerte nicht lange, da erkundigten sich auch Hartmut und Wolfgang, ob ich schon schlafen würde. So ging das bis nach Mitternacht. Und als ich einmal dennoch kurz eingenickt war, rüttelte einer der drei wie wild an dem eisernen Bettgestell, bis ich hochschreckte. Anschließend vernahm ich Andreas' Stimme: „Wir wollten nur wissen, ob du schon schläfst …!“

Der Mittwoch begann so beschissen, wie der vorherige Abend aufgehört hatte: Frühsport, an dem wir Innendienstleichen uns nicht zu beteiligen brauchten.

Dafür standen wir zum Gespött der anderen in Warteposition. Der Appell danach wurde kurz gehalten, weil es zu nieseln begann. Ein gräulicher Dunst lag über dem Waldstück, in dem wir zu Beschützern der Heimat ausgebildet wurden.
Nach dem Frühstück, als längst wieder Kampflieder zwischen den Bäumen hindurch bis in unser Lager hallten, fragte Leipold uns Zurückgebliebene, wer freiwillig ins Dorf laufen und dort Eier bei der LPG abholen würde. Al Capone und ich meldeten uns als Erste und erhielten den „Marschbefehl".
Der Weg bis zum Dorf war drei Kilometer lang, nicht befestigt und ließ in seiner Breite gerade Platz für ein zweispuriges Fahrzeug. Gegenverkehr durfte nicht kommen.
Ich schob den Gummiwagen und Al Capone trampelte neben mir her. Es ging das Gerücht um, dass die Dorfjungs ab und an jemanden aus dem Internat auf diesem Weg abfingen, um ihn dann zu verprügeln. Ein bisschen unheimlich wurde mir nun schon, als ich die nächsten zweihundert Meter bis zur nächsten Biegung überschaute, im Ungewissen, ob dahinter vielleicht schon einige dieser Bösewichte lauern könnten. Ein Blick zu meinem Begleiter verriet mir, dass der sich ebenfalls nicht ganz wohl in seiner Haut zu fühlen schien. Wahrscheinlich hatte er aufgrund seines Andersseins schon schlimme Erfahrungen gemacht.
„Wenn jetzt Dorfjungs kommen würden …", begann ich und konnte deutlich erkennen, wie Al Capones wuchtiger Schädel zwischen seine Schultern zu sinken begann.

Hatte er also auch Angst? Vielleicht sogar mehr als ich?
Als der Überlegene begann ich ein Erlebnis zu berichten, ein erfundenes natürlich. „Ich war schon einmal hier“, begann ich, „eine Kirsche im Lager besuchen. Da sind mir von dort vorn vier Mann entgegengekommen. Alle nebeneinander.“
Der Kopf des Jungen neben mir versank jetzt noch tiefer, sein Hals war kaum noch sichtbar. Und aus seinen Ohren schien die Farbe zu weichen.
„Da habe ich einen Stein aufgehoben“, log ich weiter. „Der wäre mir vor Aufregung fast aus der Hand gefallen. Aber ich zeigte meine Furcht nicht und sagte: ‚Ich weiß, dass ich gegen euch vier keine Chance habe. Aber dem ersten, der mich angreift, dem brumme ich diese Klamotte über!‘“ Die Idee mit dem Stein war mir spontan gekommen. Steine befanden sich reichlich links und rechts des Waldweges.
Dass die anderen auch hätten Steine aufheben und nach mir werfen können, wenn dies wirklich so geschehen wäre, daran dachte ich in jenem Moment nicht.
Manche Leute pfeifen im Walde. Ich erfand stattdessen eine Begebenheit. Mir hatte ich damit die Furcht weitgehend vertrieben, aber meinem Begleiter?
Al Capone wackelte immer noch wie ein Trottel neben mir her und schwieg. Schließlich fragte ich: „Wie heißt du eigentlich richtig?“
„Thomas Weber.“
„Und wo wohnst du?“

„In Hohenwerdau.“ Bei der Nennung des Ortsnamens streckte dieser Junge seltsamerweise den Zeigefinger seiner rechten Hand nach oben.
„Wo wohnst du?“, fragte ich noch einmal, weil mir der Ortsname nicht bekannt war.
Al Capone richtete seinen Finger beim Antworten erneut in die Höhe.
„Und, hast du Eltern und Geschwister?“, forschte ich weiter. Nicht unbedingt, weil es mich interessierte, sondern einfach, um mich von der augenblicklichen Situation abzulenken. Dabei erfuhr ich auch, weshalb dieser Mensch neben mir so trampelte und bei jedem Schritt den linken Arm zur Seite schlenkerte. Dann krempelte er den Ärmel seiner Uniformjacke nach oben, um mir den Anfang einer breiten, weißen Operationsnarbe zu zeigen. Kinderlähmung!
Als wir mit der Fuhre Eier und einem Plastiksack voller Bratwürste wieder im Lager ankamen, war es bereits zwölf Uhr.
Am Nachmittag begann es kräftig zu regnen. Kein Wetter für eine Ausbildung. Wir Innendienstler hatten uns ins Heizhaus zurückgezogen. Die übrigen Jungen mussten trotzdem zum Schießplatz, die Mädchen übten in der Turnhalle das Anlegen von Verbänden.
Mautner hatte ausgesprochen gute Laune, sagte: „Los, Wendel, heute brauchst du nicht zu arbeiten. Sing uns was! Kennst du ‚Smoke on the Water?’“
Kannte der, wie zu erwarten. Der Fünfzehnjährige mit dem kugelförmigen Körper und dem verwachsenen Hals brachte sich mit seinem breiten Hintern auf dem Hackeklotz in Position, griff mit der Linken von irgendwoher aus der Luft eine Gitarre, schlug ein

Bein über das andere. Dann fing er an, die Bässe zu imitieren. „Tschu, tschu tschu … tschu tschu, tschutschu …“, erklang es zunächst zaghaft.
„Lauter!“, rief Mautner.
„Tschu, tschu, tschu … tschutschu“, imitierte der Junge weiter und dabei flutschte etwas Speichel zwischen seinen prallen Lippen hervor. An unseren Gesichtern konnte er wohl erkennen, dass wir gespannt auf das waren, was nun folgen würde.
„We are all came out to Montreux,/On the Lake Geneva shoreline ...”, setzte er zum Singen an. Wie bereits am Abend zuvor waren wir baff. Wäre da nicht dieses glucksende und wie aus einer hohlen Tonne tönende in seiner Stimme gewesen … Den Rhythmus hatte er jedenfalls drauf. „Smoke on the water, a fire in the sky,/Smoke on the water ...”, endete die erste Strophe. Wir klatschten Beifall, Wendel fing daraufhin schauerlich an zu lachen. Und während er mit jenem „Uuuh“ nicht aufhören wollte, vergaß er die Gitarre in seinen Händen und schnippte vergnügt und laut mit beiden Daumen und Mittelfingern.
„Und jetzt nochmal wie gestern ‚Say, say, say …’, kitzelte ihn Mautner und der Angesprochene schlug erneut die Luftakkorde wie am Abend zuvor und tönte „Rock my, rock me, rock me baby …“
Dieser Nachmittag verging viel zu schnell. Immer wieder gelang es unserem Gruppenführer, den unförmig wirkenden Jungen zu animieren, nach den Gitarrensaiten zu greifen und neue Titel anzustimmen. Während einer Pause zwischen zwei Liedern brachte auch ich meinen Teil ein. „Al Capone, wo wohnst du?“, wollte ich scheinbar wissen und der

Gefragte zögerte zunächst, streckte dann aber seinen rechten Zeigefinger in die Höhe und sagte: „In Hohenwerdau!“
„Ich habe das nicht verstanden“, gab ich vor, „und die anderen bestimmt auch nicht. Du musst lauter reden!“
„Na, in Hohenwerdau!“, polterte der Gefragte da fast trotzig und streckte wieder jenen Finger nach oben.
Mautner verstand sofort. Wendel brauchte einige Augenblicke, ehe er zu glucksen und mit seinen Wurstfingern zu schnipsen begann. Nur Riem wusste nicht, was geschah, was man wohl seinen gerade mal sieben Schuljahren zugute halten musste.
Dafür aber freute sich Al Capone mit uns. Er wusste sicher nicht warum wir lachten, aber über sein breites Gesicht ging ein Feixen, das breiter und argloser nicht hätte sein können.
Am Abend dann hatten alle die Schnauze voll vom Tag. Die Mädchen hingen in ihren Stuben rum und wer von den Jungen nicht draußen war, um auf der Raucherinsel schnell eine durchzuziehen, der wärmte auf dem Zimmer seine kalten Knochen.
Aus dem Leitungsblock drang lautes Lachen. Wahrscheinlich war dort ein gemütlicher Abend angesagt.
Wir Jungen wollten dem nicht nachstehen und hatten unsere Biervorräte aus den Schränken geholt.
Alle genossen den Feierabend. Nur einer nicht: Martin Wendel. Jeder wollte ihn auf seinem Zimmer haben. Plötzlich schwirrte der Name „Rock me“ für ihn durch das Lager.
„Rock me, wir wollen ‚Smoke on the water’ hören, lockte Plathe aus der B-Klasse und versprach dem Angesprochenen eine Flasche Bier, wenn er auf des-

sen 4-Bett-Zimmer singen käme. Schon fiel ihm Afrika-Steiner ins Wort:
„Von mir kriegst du zwei Flaschen Bier, Rock me, aber du kommst danach zu uns und singst uns was von Uriah Heep.“
Nach mehreren Auftritten tappte Wendel dann tatsächlich in Steiners Zimmer. Etliche Flaschen Bier und zwei Schluckflaschen Boonekamp hatten erste Spuren in seinem Gesicht hinterlassen. Es war gerötet und unter den Augen zeichneten sich Ringe ab.
Ungefähr fünfzehn Leute hatten sich in dem kleinen Raum eingefunden. Sie saßen in den Etagen der Doppelstockbetten, auf mitgebrachten Stühlen und sogar auf dem Boden.
Als Rock me diese Aufmerksamkeit wahrnahm, vergaß er zunächst, weswegen er in jenes Zimmer bestellt worden war. Er trank einen kräftigen Zug aus der ersten der versprochenen Bierflaschen, setzte sich auf den für ihn freigehaltenen Stuhl in der Mitte des Raumes, schaute in die Gesichter der Versammelten, schnippte mit den Fingern und begann mit seinem glucksenden und tönenden Lachen.
Das hatte niemand erwartet. Jetzt lachten auch die anderen. Daraufhin konnte es der Junge mit dem kurzen Hals offensichtlich vor Heiterkeit nicht mehr aushalten. Er deutete mit seinem Zeigefinger auf Mautner, Höhne, Plathe, Steiner, mich und andere und begann erneut mit seinen eigenartigen Lauten. Er lachte, gluckste, unkte, drehte seinen Körper hin und her, lief puterrot an, schnippte mal mit den Fingern der linken Hand, mal mit denen der rechten. Dann schnippte er mit beiden Händen und konnte

sich nicht sattsehen an uns, denen vor Lachen fast die Luft wegblieb.
„Rock me, los, fang endlich an!“, forderte Steiner den außer Rand und Band Geratenen auf. „Du wolltest uns doch ‚Lady in Black’ vorsingen.“ Gespannte Stille.
„She came to me one morning,/One lonely Sunday morning ...”, begann der Heranwachsende. Einige der versammelten Jugendlichen kicherten weiter. Vielleicht, weil sie sich über diese eigenartige Stimme amüsierten und andere hatten sich wahrscheinlich noch nicht von der Lacheskapade eben beruhigt.
Und als aus dem Refrain „Aahaaahaahah, ahahaaahahaha“ durch den Jungen auf dem Stuhl in der Mitte des Zimmers „Uuhuuuhuuhuh, uhuuuhuhuhu“ wurde, da prustete Plathe plötzlich los und rief: „Das halte ich nicht aus. Dass ich sowas noch erleben darf!“
In diesem Moment verlor auch Wendel die Fassung. Er unterbrach seinen Gesang, zeigte auf Plathe, ließ sich vom Stuhl rutschen, kullerte sich auf dem Boden, schnippte wieder mit den Fingern beider Hände gleichzeitig und gab erneut seinem unverkennbaren Lachen freien Lauf.
„Du kriegst heute nichts mehr zu trinken und kommst jetzt mit!“, sagte Mautner. Dann befahl er „Stillgestanden!“ Rock me stand daraufhin tatsächlich kerzengerade im Zimmer und legte beide Hände an die Nähte seiner Uniformhose.
„Augen gerrradeausss“, befahl der Gruppenführer und anschließend ließ er mit „Immm Gleichschrrritt marsch!“, seinen Untergebenen aus dem Raum mar-

schieren – in das nächste Zimmer. Ich stand auf, ging mit und suchte mir einen Platz in der Ecke.
„Nee, ich singe nicht mehr!“, verkündete Rock me und verschränkte konsequent die Arme.
Plathe öffnete am Eisengestell des Doppelbettes zwei Bierflaschen und reichte eine an Wendel weiter, der erneut auf einem Stuhl in der Mitte des Zimmers saß.
„Jetzt los, noch eins, sei ein Kumpel!“, drängte der B-Lehrling und blickte mit glasigen Augen. Seine Stimme war nicht mehr die, wie zu Beginn des Abends.
„Nee, ich singe nicht!“, Wendel blieb konsequent. Das war nun wohl schon das fünfte oder sechste Zimmer, in das man ihn an diesem Abend gebracht hatte.
„Wenn du nicht singst, dann haue ich dir eine rein!“ Plathe ließ nicht locker.
Rock me schlug daraufhin ein Bein über das andere, verschränkte seine Arme und drehte das Gesicht von allen weg in Richtung Wand.
„Guck mal hier“, der B-Schüler langte jetzt sein Portemonnaie aus der Hosentasche und kramte eine Münze heraus, „hier ist eine Mark. Die kriegst du, wenn du uns noch ein Lied singst, ein letztes für heute abend!“
Doch Wendel blickte weiter starr zur Wand und in seinen geröteten Augen sammelte sich das Tränenwasser.
„Wenn du nicht singst, dann lache wenigstens nochmal so wie vorhin!“, forderte Plathe nun.
„Du sollst lachen!“, sein Ton nahm an Schärfe zu. Im Zimmer wurde es mucksmäuschenstill. Trotzdem

konnten einige der Anwesenden nur schwer ein Losprusten unterdrücken.
„Wenn du nicht lachst …“, Plathes Ton wurde immer drohender. Schließlich stand er von seinem Bett auf, lief an Rock me vorbei, griff im Gehen nach dessen Stuhllehne und hob diese ruckartig an. Der Junge, der eben noch auf stur geschaltet hatte, purzelte auf das Linoleum und seine kurzen Arme und Beine bewegten sich dabei wie bei einer Marionette, deren Fäden man losgelassen hatte.
Da lag er nun vor uns und rührte sich nicht. War unser Mitlehrling zu weit gegangen? Was, wenn Wendel jetzt schwer verletzt war? Wenn er sich Bein, Arm oder gar das Rückgrat gebrochen hatte? War er überhaupt bei Bewusstsein? Sein linker Arm lag seltsam abgedreht vom Körper. Der nach oben geschobene Ärmel der Uniformjacke gab die Innenseite seines Handgelenkes frei. Diese Haut sah seltsam aus, wie mit rosa Marmor überzogen.
Dann begannen die Finger der dazu gehörenden Hand plötzlich zu zucken. Eine gespannte Stille herrschte im Raum. Es war in diesem Moment wohl niemandem mehr zum Lachen zumute.
Das zunächst unkontrolliert erscheinende Zucken wurde immer zielgerichteter, bis sich Daumen und Mittelfinger aneinanderfügten und aufeinander zu reiben begannen. Im Nu wurde aus dem Reiben ein Schnepsen, das von Mal zu Mal in seiner Lautstärke zunahm. Und dann geschah es: Wendel richtete sich auf. „Tschu, tschu, tschu … tschu, tschu tschu … tschutschu …“, ein Aufschrei ging durch die Zuhörer. Afrika-Steiner ließ die Mähne wippen und zerrte an seinem flaumigen Kinnbart. Mautner nahm hastig

einen Schluck aus der Bierflasche, Plathe atmete erleichtert auf. Nach den ersten Tönen von „Smoke on the Water“, begann der Junge, der eben noch verkrümmt auf dem Boden gelegen hatte, dann zu lachen. Er lachte glucksend und brüllte alles, was er an Lachen noch in sich hatte, heraus. Dabei schnippte er wieder und wieder mit beiden Daumen und Zeigefingern. Aber es war nicht das Gleiche wie am Beginn des Abends, als er uns alle mit seinen Tönen und Verrenkungen angesteckt hatte. Einige von uns lachten mit, andere verfolgten erstarrt dieses Schauspiel.
Und das war nur von kurzer Dauer. So abrupt, wie Rock me es begonnen hatte, verstummte er auch wieder.
„So, jetzt will ich die versprochene Mark und dann gehe ich auf mein Zimmer“, sagte er in einem ängstlichen Ton, aber niemand widersprach. Plathe drückte ihm die Münze in die Hand und Wendel langte sein Portemonnaie aus der Tasche. Als er es aufklappte, konnte man hinter der Klarsichtfolie, wo andere die Abbildung ihrer Freundin platzierten, das Konterfei von Alice Cooper erkennen.
Steiner war der erste, der sofort lauthals rief: „Eh, cool, wo hast du das her, zeig mal!“
„Morgen“, antwortete der Junge und klappte das lederne Behältnis zu. Bevor er das Zimmer verließ, sagte er noch: „Davon habe ich eine ganze Kiste voll zu Hause. Mein Vater bringt immer wieder neue mit, wenn er von Dienstreise aus dem Westen kommt.“
Ahnte er in diesem Augenblick wirklich, was er mit diesem Satz auslöste?

Etwa zwei Stunden darauf wiederholte sich in unserem Zimmer das Prozedere des Vorabends.
„Schläfst du schon?“, wurde ich wieder und wieder gefragt. Und wenn ich nicht antwortete, dann ruckelte Andreas derart an meinem Bett, dass es sogar Wolfgang, der im Stockwerk über mir lag, scheinbar zuviel wurde: „Hier kann man sich ja nicht mal in Ruhe einen runterholen“, beschwerte der sich. Dieser Satz war für mich bestimmt, das wusste ich. Und auch der folgende: „Der wixt ja tatsächlich“, kicherte Andreas in die Dunkelheit hinein Richtung Hartmut und der wiederum sagte zu mir: „Das läuft bestimmt gleich neben deinem Bett die Wand runter. Wenn du was siehst oder riechst, dann kannste Bescheid sagen!“
Ich beschloss, überhaupt nicht mehr zu reagieren, lag nur still da. Was hätte ich tun sollen? Petzen gehen? Unmöglich! Die drei verprügeln? Die waren mir an Kräften haushoch überlegen. Ich war verzweifelt und am Ende und hätte am liebsten geheult. Aber diesen Gefallen wollte ich denen nicht tun. Ich fasste einen Plan. Mit seiner Ausführung würde ich aber noch etwas warten müssen. In der Gewissheit, diesen Idioten einen Denkzettel zu verpassen, überstand ich sogar die Tatsache, dass Andreas und Hartmut mir, weil ich partout nicht das geringste Anzeichen von Reaktion zeigte, die Bettdecke wegzogen und aus dem Fenster auf die Rosenrabatte warfen. Ich lief dann schließlich, weil man meine Schuhe versteckt hatte, barfuß nach draußen und holte die Decke wieder rein. Beinahe hätte mich dabei Gummi-Ohme, der aus der Leitungsbaracke torkelte, erwischt. „Hoffentlich erfährt Anneliese nichts von dem, was hier

passiert“, war noch mein Gedanke, als ich mit zerkratzten Füßen zurück zum Zimmer schlich.

Als wir am Donnerstagmorgen Richtung Appellplatz liefen sah ich, wie Bärbel Ulla antippte und ich hörte sie sagen: „Guck doch mal: Der Kerl kann einem leid tun!“ Sie zeigte dabei auf Rock me, dessen Gesicht mit lila Augenringen einen erschreckenden Eindruck machte. „Wenn die den heute nicht in Ruhe lassen, dann gehe ich zur Lagerleitung und melde das.“
Warum war ich nicht auf diese Idee gekommen, schon gestern Abend?
Den letzten Ausbildungstag brachten wir noch irgendwie über die Runden. „Links, links …“ und: „Es steht ein Mann so fest wie eine Eiche …“, hallte es fast schon vertraut aus dem benachbarten Kiefernwald auf das Lagergelände. Die Auszubildenden waren noch einmal mit Singen und Marschieren beschäftigt. Dann wurden die Mädchen und Jungen in Gruppen aufgeteilt, mit Kompassen und Landkarten ausgerüstet und anschließend zu einer Erkundungsübung ins Gelände geschickt. Ich durfte gar nicht daran denken, was alles würde geschehen können, wenn meine Anneliese mitten im Wald … Es war einfach Scheiße, ein Gefühl der Ohnmacht, anders zu sein und hier ausharren zu müssen. Ich hasste es, eine Innendienstleiche zu sein.
Wir im Lager Verbliebenen wurden angewiesen, das Gelände mit Laubbesen zu reinigen. „Aber nur soweit, wie ihr kommt und ihr braucht euch nicht zu beeilen“, hatte Leipold noch hinzugefügt.

Nachdem wir ein bisschen mit den metallenen Besen herumgekratzt hatten, sagte ich zu Mautner: „Ich habe was zu erledigen, bin eine halbe Stunde weg."
Die ganze Zeit hatte ich mit Wut im Bauch an den gestrigen Abend gedacht. Ich wollte mich rächen! Wenn ich meine Selbstachtung behalten wollte, dann musste ich etwas tun, worüber diese drei Idioten Andreas, Hartmut und Wolfgang sich richtig ärgern. Ich ging zu den Küchenfrauen, ließ mir geben, was ich für meinen Plan benötigte und lief unauffällig zu den Schlafräumen. Nachdem ich mein Vorhaben umgesetzt hatte, suchte ich Mautner, Al Capone und Riem. Die hockten unter dem Wellblechdach neben dem Heizhaus und unterhielten sich.
„Und was macht dein Vater im Kombinat?", hörte ich Mautner fragen.
„Der ist der Werbechef und reist durch die ganze Welt."
„Auch in den Westen?", wollte sich der Gruppenführer vergewissern.
„Na, gerade dorthin. Aus Amerika hat er mir Schallplatten von den Stones, den Lords und Simon und Garfunkel mitgebracht. Leila lei, lei la leila lei …" Zur Untermalung der angedeuteten Melodie schnippte der Junge mit Daumen und Mittelfingern.
„Und nächste Woche fliegt er nach London. Ich habe mir schon so ein Poster mit Alice Cooper bestellt." Rock me streckte dabei seine kurzen Arme so weit es ging nach links und rechts, um zu zeigen, wie riesig dieses Poster sein würde. „In meinem Zimmer siehst du kein Stück Tapete, alles voll mit Bildern von Westgruppen." Seine Augenringe waren noch immer

lila, aber die Stimme fest, trotz der glucksenden Laute.
Ich staunte und fragte mich, warum dieser Junge das mit seinem Vater nicht schon früher verraten hatte.
Nachmittags, beim Abschlussappell, wurde ausgerechnet meine Anneliese ausgezeichnet. Sie hatte es gemeinsam mit Veronika und fünf weiteren Mädchen geschafft, als erste die zwölf Stationen des Orientierungslaufes zu erreichen. Was immer das bedeutete: Für mich würde so etwas die Welt der anderen bleiben, etwas Fremdes, nicht Nachvollziehbares. Deshalb konnte ich auch nicht verstehen, dass meine Freundin vor Glück fast in Tränen ausbrach, als Leipold ihr die Urkunde überreichte.
Der Lehrobermeister hielt noch eine kurze Rede, in der er sich bei allen Anwesenden für ihre Bereitschaft, „jederzeit zum Schutze der sozialistischen Heimat bereit zu sein“ bedankte. Dann war der offizielle Teil gelaufen. Einige von uns stürmten zur Kantine, um rechtzeitig einige Flaschen Bier abzufassen. Es hätte ja sein können, dass die Vorräte nicht reichten. Und „Hängenintee“ wollte an dem bevorstehenden Abend niemand trinken. Abgesehen von Al Capone vielleicht und Rock me und Riem, die in bestimmten Dingen wohl noch arglos waren.
Als ich das gemeinsame Zimmer betrat, waren Andreas, Hartmut und Wolfgang schon da.
„Hier stinkt es aber!“, sagte ich ernst. Keiner der drei antwortete. Ich hatte deren Laken, Kopfkissen, Bettdecken, Jacken, Hosen, Hemden, Strümpfe, Reisetaschen, Mützen und was ihnen sonst noch gehörte, mit Zwiebelsaft bestrichen. Es stank bestialisch.

Was würde nun folgen? Prügel? Keiner sagte ein Wort. Als ob die drei sich verabredet hätten.
Dann warf Andreas seinen Ausgehpullover für die Disko in die Ecke und rief: „Das ist doch Scheiße hier!“ Hartmut, der immer wieder an seiner Jeans roch und wohl überlegte, ob er diese anziehen sollte oder nicht, sagte in ungewöhnlich ernstem, resigniert klingenden Ton: „Das hättest du wirklich nicht machen sollen, das ist kein Spaß mehr!“
Klar, dass meine Zimmerkameraden bei der anschließenden Disko keinen Anschluss fanden. Andreas zumindest versuchte es, indem er Bärbel zum Tanz aufforderte. Aber die hielt sich die Nase zu und verdrehte die Augen. Und als einige übermütige junge Leute auf der Raucherinsel etwas angesäuselt marschieren übten und dabei immer wieder: „Links, links, um de Ecke stinkts, hat der Leipold hinjeschissen, hat’s verjessen offzuwischen“ grölten, standen meine drei Zimmermitbewohner rauchend daneben und sagten nichts.
„GST, GST, dieses Wort, das tut weh“, sangen derweil einige Mädchen während der Tanzpause drinnen in der Halle nach der Melodie des Hits „Butterfly“.
Anneliese und ich bekamen beides nur am Rande mit. Natürlich hatte ich nicht von dem Tee getrunken, was sich als vorausschauend erwies. Als wir danach hinter der Baracke hervorkamen, lief uns Schweinchen-Dick über den Weg.
„Stillgestanden“, befahl er und hatte dabei Mühe, eine aufrechte Haltung zu wahren.

„Ihr kommt jetzt mit“, sagte er dann in einem Ton, der zwar schon etwas versöhnlicher klang, aber dennoch keinen Widerspruch duldete.
Ich war ein bisschen belustigt und mir war zugleich bange zumute.
Ohme führte uns nun an dem Verwaltungsgebäude, aus dem feucht-fröhliche Stimmen drangen, vorbei bis zur Tür der Waffenkammer. Er kramte nach dem passenden Schlüssel, öffnete, ließ das Licht aus und hieß uns eintreten. Was sollte das werden? Was hatte er mit uns vor?
„Ich brauche eure Hilfe“, verriet er. In der Dunkelheit und mit dem Lichtschein im Rücken, der von der Hoflaterne durch das Fenster drang, ähnelte das Männlein mit seinen spitzen und abstehenden Ohren einer Mischung zwischen dem Vulkanier Spocke aus der Sience-Fiction-Serie „Enterprise“ und einem Gummibärchen.
Und dann mussten wir mit ihm Gasmasken zusammenlegen und in Kartons verstauen.
„Macht schnell, ich will zurück, ich kann das Zeug nicht mehr sehen, nöch“, drängte unser Lehrer. Doch als wir fertig waren und gehen wollten, blockierte er mit seinem Körper den Ausgang und raunte: „Ich werde euch ein Geheimnis verraten, aber ihr müsst versprechen, dass ihr mit niemandem darüber redet, nöch.“ Dabei traf das eindringende Licht sein Gesicht und Anneliese und ich konnten deutlich die goldene Plombe auf seinem Schneidezahn blitzen sehen.
„Ihr macht es richtig, wie die Blumenkinder. Liebt euch! Und von mir aus auch hinter der Baracke. Diese ganze Scheiße hier ist sowieso illegal. Nöch. Das

hätte gar nicht stattfinden dürfen. Nach dem Vertrag von Helsinki und so, nöch."
Endlich draußen, schauten wir Richtung Raucherinsel. Dort war Rock me, wie schon vor zwei Tagen, von zahlreichen Lehrlingen umringt.
„Kriege ich auch ein Poster mit John Lennon?", bat Wolfgang.
„Fragst du deinen Vater, ob er das Weiße Album von den Beatles besorgen kann? Ich bezahle dafür, was er verlangt!", jetzt war Afrika-Steiner an der Reihe und sichtlich aufgeregt. Er wiederholte: „Martin, ich bezahle wirklich jeden Preis, den dein Vater verlangt!"
„Kennst du ‚When', von John Kincade?", wollte Plathe wissen. „Na, wer kennt das nicht?", gab Rock me gelassen zur Antwort.
Innerhalb kurzer Zeit landeten bei ihm Bestellungen über Platten und Poster von Sweet, Abba, Rod Steward, den Rubettes, Suzi Quatro, John Kincade und weiteren.
Wendel war der King des Abends und niemand wagte auch nur im Ansatz die Frage: „Singst du …?"
Am nächsten Tag trug ihm Steiner sogar die Tasche zum Bahnhof.
Andreas, Wolfgang und Hartmut hatten noch immer kein weiteres Wort mit mir gesprochen. Das war mir recht. Wenigstens hatte ich während der Nacht meine Ruhe gehabt.
Was aus uns Innendienstleichen wurde, kann ich im Nachhinein nur ungefähr sagen: Von Mautner hörte ich nach der Ausbildung nie wieder etwas, Al Capone arbeitete bis zu Beginn der neunziger Jahre als Hilfsarbeiter im Kombinat, dann wurde er nicht mehr

gebraucht, bekam eine Abfindung und anschließend Geld vom Arbeitsamt.
Olaf Riem, der Junge mit dem grausamen Spitznamen, musste zwei Jahre später erneut an seiner Schulter operiert werden. Er starb wenige Tage danach an einem Blutgerinsel.
Und Rock me verriet mir, als wir uns Wochen später zufällig auf der Straße trafen, dass alles mit den Schallplatten, Postern und dem weitreisenden Vater erstunken und erlogen war.
Dann öffnete er sein Portemonnaie und reichte mir einen winzigen, ausgefransten Ausschnitt aus einer Westillustrierten. Es war jenes Konterfei von Alice Cooper, welches Plathe entdeckt und das danach so viel ausgelöst hatte
Wendel sagte: „Hier, für dich, weil du mich damals im Wald nicht zum Löchergraben gezwungen hast!"
Im Anschluss an die Lehre qualifizierte er sich nach Feierabend zum vollwertigen Facharbeiter. Doch das nützte ihm wenig. Er endete genau wie Al Capone in der Langzeitarbeitslosigkeit.

## Vorboten

*(Nach einer Begebenheit, die man sich im vorletzten Jahr der DDR erzählte)*

Mai 1989. Marina Krischunas steht vor dem Spiegel und kämmt ihre braunen Locken. „Bin ich schön oder bin ich es nicht?" Die anderen Mädchen aus ihrer Klasse haben solche Sorgen gewiss nicht. Die werden von den Jungen nicht „Mönchen-Gladbach" gerufen. Und „Vorne glatt, hinten glatt und in der Mitte ein Astloch", hat auch noch keiner zu denen gesagt.

Doch je öfter die Sechzehnjährige mit der Bürste durch ihre Haapracht streicht, wird sie für sich selbst schöner. Ihr Gesicht ist schmal und zart, ihre dunklen Augen blicken selbstbewusst und beinahe erwachsen. Sie gleichen aus, was die Natur ihr erst in der letzten Zeit zu geben bereit war. Aus ihren Lippen ist in den letzten Monaten ein Kirschmund geworden. Das meinte erst vor wenigen Tagen Klassenkamerad Peppi. Ausgerechnet er, der ihr noch vor Jahresfrist so schlimme Dinge nachgerufen hatte.

Ob sie mit ihm gehen soll? Sie kann es sich gut vorstellen. Aber sie muss Peppi noch zappeln lassen. Aus Prinzip. Und überhaupt sind die Wunden durch seine Hänseleien und die der anderen noch nicht verheilt.

Vielleicht ist alles anders, wenn sie aus Berlin zurück sein wird. Pfingsttreffen der Freien Deutschen Jugend. Als Zweitbeste ihrer Klasse hat man sie zur Teilnahme delegiert. Nicht ohne Genugtuung betrachtet Marina die beiden zarten Wölbungen unter ihrer FDJ-Bluse. Vielleicht wird sie ja jemanden kennenlernen. Fast alle, die zu solchen Treffen gefahren sind, haben anschließend mit Bekanntschaften oder gar mehr geprahlt.

Aufgeregt ist sie, wenn sie an die bevorstehende Reise in die Hauptstadt denkt. Es könnte ja auch etwas Schlimmes passieren. Ein Eisenbahnunglück, ein Fahrer, der die Kontrolle über sein Auto verliert, der Sturz von einer Treppe … Ein paar Striche mit

der Bürste durch ihr volles Haar und ein letzter Blick in den Spiegel lassen Marina wieder ruhiger werden. Und überhaupt, was sollen solche Gedanken? Es reicht, wenn ihre Mutter sich Sorgen macht. Das einzige Kind und dann so weit weg. Dazu noch in eine Stadt, über die man so manche Dinge hört. Und dann zu einem Jugendtreffen.
So ein Unsinn! Aber Mütter sind eben so. „Ich bin ihr Ein und Alles. Sie hat mich allein großgezogen. Einen Vater gab es bei uns zu Hause nie.
Aber jetzt wird Mutter sich damit abfinden müssen, dass ich erwachsen werde. Jetzt ist nicht mehr daran zu rütteln. Ich fahre zum Pfingsttreffen. Sie ist doch damals auch zu den Weltfestspielen gefahren. Da war sicher noch viel mehr los. Ich sage doch nicht wegen meiner Mutter ab. Ich wäre die Blamierte vor der gesamten Klasse und erst recht vor der FDJ-Leitung der Schule!“
Als Marina mit der gepackten Reisetasche das Zimmer verlässt, spürt sie den eigenartigen Zwang, noch einmal zurückzuschauen: Da ist das Bett, in dem sie manchen Jungmädchentraum träumte, da sind das John-Bon-Jovi-Poster und das der Puhdys, bei dessen Anblick sofort das Lied „Alt wie ein Baum …“ in ihr zu klingen beginnt; da blickt der Sandmann herunter, der seit ihrer Kleinkinderzeit in dem aus Schweißdraht und Brettern konstruierten Wandregal steht. Ihr ist, als würde er ihr hinterherschauen. Ein letztes Mal? Neben ihm stehen einige leere Coca-Cola-Dosen als Botschafter einer Welt, wie sie fast jede von Marinas Freundinnen zu Hause hütet. Schon um dazu zu gehören.

Im Korridor stellt sie die Tasche behutsam auf den Boden. Dabei bräuchte Marina nicht leise zu sein, denn sie hatte der Mutter versprochen, sie zu wecken, bevor es losgeht. Am Garderobenhaken hängt feinsäuberlich über einem Bügel Mutters Uniformjacke. Die Schulterstücke sind blau mit gelbem Rand und einem goldenen Stern in der Mitte. „Reichsbahnuntersekretär". Seit jener helle Rand ihre Schulterstücke ziert, verdient die Mutter fünfzig Mark mehr, also beinahe sechshundert im Monat. Das ist nicht viel für eine Familie, in der nur einer Geld nach Hause bringt. Aber Marina hat es nie wirklich an etwas gefehlt. Außer Bananen und Coca-Cola in Dosen war immer alles da. Schade nur, dass sie wegen der Schichtarbeit nachts und an den Wochenenden oft alleine bleiben musste.
Heute Morgen war die Mutter wieder von Nachtschicht gekommen. Es ist an der Zeit, sie zu wecken und Abschied zu nehmen.
Als Marina Krischunas in der Mittagshitze ihre Reisetasche zur Bushaltestelle trägt, hat sie ein schlechtes Gewissen und ist erleichtert zugleich. Warum muss ihre Mutter auch, wenn es um die kleinste Trennung geht, solch eine Abschiedszeremonie veranstalten? „ … dass dir ja nichts passiert!" Und: „Du weißt, du bist das Einzige, was ich habe, denn ohne dich …"
Als Marina noch ein Kind war, sollte sie einmal den Tontopf mit dem Mus aus dem Keller holen, „… aber schön vorsichtig!" Und dann lag er da, krach, sofort zerbrochen auf der steinernen Treppe.

Natürlich freut die Heranwachsende sich darauf, während der kommenden Tage endlich einmal für sich zu sein.
Die Berufsschule der Kreisstadt ist das Sammellager der Berlin-Reisenden. „Bau auf, bau auf …“, dröhnt es aus der Lautsprecherbox auf dem Hofgelände, wo an die dreihundert junge Leute in Blauhemd versammelt sind.
„Du musst dich in die Liste eintragen!“, sagt ein Mann im FDJ-Hemd und grauen Haaren, der Marina unschlüssig herumstehen sieht.
Leute laufen geschäftig durcheinander. In den Gängen des Schulhauses, das Marina nun betritt, hallen Jugend- oder Kampflieder. „Es steht ein Mann, ein Mann, so fest wie eine Eiche, vielleicht ist er schon morgen eine Leiche …“, probt in einer Ecke der Singeklub aus der Schule des Nachbarortes. Aus der offenstehenden Tür eines Unterrichtskabinettes tönt nicht minder laut „Venceremos!“, das Lied der Weltfestspiele von 1973 in Berlin, an denen auch Marinas Mutter teilgenommen hatte.
Solch einen Trubel wie hier kannte die junge FDJlerin bisher nicht und sie bekommt eine Gänsehaut. Ein Glücksgefühl durchströmt sie. „Wir sind überall auf der Erde, auf der Erde, leuchtet ein Stern …“, hört sie jetzt. Natürlich ist jener Stern in dem Lied, das dem von der Eiche und der Leiche folgt, rot. Marina Krischunas kommt in diesem Augenblick nicht auf den Gedanken, dass es auch andersfarbige Sterne geben könnte. Dann werden die Teilnehmer des Pfingsttreffens per Lautsprecher zu einem Appell auf den Hof gerufen.

Zuerst üben sie das richtige Aufstellen, dann das Marschieren. Marina läuft hinter einem Jungen her, der – so scheint es ihr, absichtlich mit seinen abgewetzten Schuhen immer wieder aus dem Tritt kommt und offensichtlich seinen Spaß daran hat, wenn die Ordner am Rande des Marschblockes ihn ermahnen. „So ein Kasper“, denkt das Mädchen und schämt sich ein wenig für diesen Blödmann, der die Würde und Tiefe dieses Augenblicks offensichtlich nicht versteht. Als die gesamte Truppe viermal im Gleichschritt das Schulgelände umkreist hat, heißt es wieder: „Aufstellen!“

Ein weiterer älterer Mann im Hemd der Freien Deutschen Jugend hält nun eine Ansprache. Es geht darin um den Kampf für den Frieden, die Errungenschaften des Sozialismus und die Liebe zur Heimat. Dann kommt der Redner auf den Punkt: „Ihr wisst“, sagt er, „dass die Hauptstadt unserer Deutschen Demokratischen Republik geteilt ist. Es gibt eine Grenze, über die  Elemente, die es nicht gut mit uns und unserem Staat meinen, einreisen.

Es ist eines FDJ-lers unwürdig, sich mit diesen Leuten abzugeben.  Und ganz wichtig:“, der Redner legt eine Pause ein und richtet seinen Blick mahnend auf die angetretenen jungen Leute im Blauhemd, „lasst euch nicht auf irgendwelche Gespräche mit Vertretern der westlichen Presseorgane ein. Sollte euch jemand von einer Zeitung oder von einem Rundfunk- oder Fernsehsender ansprechen, antwortet mit dem Satz: ‚Bitte wenden Sie sich an die Pressestelle der Deutschen Demokratischen Republik!‘“

Die Bahnfahrt nach Berlin erfolgt Stunden später in sogenannten Mannschaftswagen. In diese oben geschlossenen Güterwagen hatte man – wahrscheinlich extra für diesen Transport – Holzpritschen mit zwei Etagen eingebaut. Es ist bereits Mitternacht, als ein Ordner von draußen die Schiebetür so weit verriegelt, dass nur noch ein dreißig Zentimeter breiter Spalt offen bleibt.

Ruhe. Ein dumpfes Gefühl überkommt Marina Krischunas und es scheint ihr nicht allein so zu gehen. „Viehtransporter“, hört sie jemanden im Halbdunkel sagen. Eine Mädchenstimme entgegnet: „Ist doch cool!“

Marina muss an eine Filmszene denken, in der Menschen in ebensolchen Eisenbahnwagen zusammengepfercht in Vernichtungslager gefahren wurden. Sie kämpft gegen diesen Gedanken. Er passt nicht an diesen Ort und schon gar nicht in diese Zeit. Das weiß sie.

Als der Zug den Bahnhof verlassen hat und in gleichförmigem Takt über die Gleise rattert, bringt der Fahrtwind Abkühlung in das stickige Innere. Kronkorken von Bierflaschen werden mit einem Zischen geöffnet. Der Kasper von vorhin hat es sich in der oberen Etage bequem gemacht, lässt seine Beine baumeln. „Eh, geht’s noch, ich muss deine Quanten nicht vor meinem Gesicht haben!“, protestiert ein Mädchen unter ihm.

Marina Krischunas bedauert, niemanden hier im Waggon zu kennen. „Lei la lei, lei la leila, leila lei“, singt ein Junge und spielt dazu Gitarre. Wahrscheinlich gehört er zu einer Singegruppe.

Simon & Garfunkels „Boxer“ kennen alle und viele begleiten ihn bei seinem Gesang, zumindest, was den

Refrain betrifft. Jetzt, so unter sich, singen die jungen Leute keine Kampflieder.
Ankunft in Berlin 6.00 Uhr. Lautsprecherdurchsagen. Jemand öffnet von außen die Schiebetür. Ein etwa vierzehnjähriger Knirps mit piepsiger Stimme lamentiert. Der „Kasper“ hatte dem Bier offenbar sehr zugesprochen, sich eingepisst und die Brühe war über die Holzplanken bis zu dem Zwerg gelaufen.
„Iii“ und „Sauerei“ hört Marina zwei Mädchen schimpfen. Andere lachen.
Übernächtigt stehen hunderte junge Leute auf dem Bahnsteig. Gruppenweise und in Dreierreihen geht es zum Quartier in einer Schule im Stadtteil Pankow.
Der Kasper fragt Marina: „Soll ich deine Tasche tragen?“ Peinlichkeit.
Nach dem Abfassen der Verpflegungsbeutel gibt es Freizeit bis 22.00 Uhr. Der große Aufmarsch wird erst am kommenden Abend stattfinden.
Normalerweise wäre Marina nicht im Blauhemd durch Berlin gelaufen. Aber an diesem Tag trägt fast jeder junge Mensch auf der Straße blau. Und sie hat Anschluß an eine Mädchengruppe aus dem Nachbardorf gefunden. Die krausköpfige Luisa mit den Sommersprossen kennt sie sogar von der Disko.
Marina hat das Gefühl, einen Hauch von weiter Welt zu spüren. Unzählige Autos fahren auf den Straßen. Nicht nur Trabis und Wartburgs, sondern auch solche, die man bei ihr im Dorf nur erblickt, wenn jemand über Weihnachten Besuch aus dem Westen bekommt.
Es ist für sie etwas neues, an der Ampel eine vierspurige Straße zu überqueren und auf der anderen

Seite dann in den Schaufenstern Apfelsinen, Milch in viereckigen Verpackungen oder andere Dinge zu entdecken, die es außerhalb der Hauptstadt nicht oder nur selten zu kaufen gibt.
„He, ihr Mäussche, habt ihr Durst?“, eine Männerstimme ruft den Mädchen hinterher.
„Bloß nicht umdrehen“, denkt Marina. Und mit einem seitlichen Blick zu Luisa sieht sie, wie diese die Augen verdreht.
Eine Stunde später. Marina und ihre Begleiterin sitzen mit zwei jungen Männern auf einer Wiese. Während Luisa mit ihren Blicken offensichtliche Flirtsignale aussendet, fühlt sich Marina wie erstarrt. „Das ist der Mann für's Leben“, ist ein in ihr immer wiederkehrender Gedanke.
Schmale Hüften, enge Jeans, Waschbrettbauch, mindestens einsfünfundachtzig groß und mit südländischem Einschlag. Das ist Ralf.
Und dass er statt des Blauhemdes ein auf Taille geschnittenes gelbes Shirt trägt, verrät, dass er nicht zu den Festivaldelegierten gehört. Und Tom, sein Begleiter, ist offensichtlich auch kein FDJ-ler.
„Bitte wenden Sie sich an die Pressestelle der Deutschen Demokratischen Republik!“ So ein Quatsch, die beiden kommen doch nicht von einer Zeitung. Aber aus dem Westen schon. Marina Krischunas hatte es sofort bermerkt. Schon beim ersten Satz, mit dem die Fremden sie und Luisa angesprochen hatten, wusste sie, was Sache ist.
„Und dass dir ja nichts passiert … Du weißt, du bist mein Ein und Alles!“ Marina denkt an ihre Mutter. Wie ein Knebel nimmt ihr diese Sorge für Augenblicke die Luft zum Atmen. Doch das Leben kann so

fröhlich sein, hier im Schatten einer Linde im Pankower Freibad.
Tom, der sich ganz offensichtlich zu Luisa hingezogen fühlt, öffnet mit lautem Knacken vier Coca-Cola-Dosen und reicht drei davon weiter. Ralf holt Zigaretten aus seiner Umhängetasche und verteilt eine Runde „HB". Marina ist die einzige, die nicht raucht. „Scheiße, ich bin viel zu artig und guterzogen", ärgert sie sich über sich selbst. Ein bisschen kommt sie sich sogar wie eine Verbrecherin vor, weil sie hier im Freibad mit dem Klassenfeind Knie an Knie auf einer Wiese sitzt. Sie mag sich nicht vorstellen, was ihre Mutter sagen würde, wenn diese wüsste … Aber die war ja damals selbst bei einem Jugendtreffen gewesen.
Als die vier später mit der S-Bahn Richtung Alex fahren, will Marina von Ralf wissen, was er beruflich macht. Wenn sie endlich hören würde, dass er nicht für die Zeitung arbeitet, würde sie sich unbeschwerter fühlen. Sie spürt, dass ihr allmählich die Kontrolle über die Situation entgleitet, dass sie in Wahrheit nur noch eine Entschuldigung braucht, den Dingen ihren Lauf zu lassen.
„Ich geh' schaffe!", antwortet der Gefragte bedeutungsschwer und Marina ist etwas befremdet über diese nichtssagende Antwort. Zugleich aber fühlt sie sich angezogen von der Selbstsicherheit, mit der Ralf diesen Satz ausspricht. Ihre Mutter geht zur Arbeit, wie eigentlich alle Leute, die sie kennt. Sie tut dies selbstverständlich wie alle Erwachsenen, die nicht zu alt oder zu krank zum Arbeiten sind. Aber das würde sie nie so betonen.

Was verbirgt sich hinter dem Begriff „Schaffe"? Ist Ralf Automechaniker, Eisenbahner oder gar Ingenieur? Es muss eine wichtige und geachtete Arbeit sein, sonst hätte er den Satz nicht auf diese Art ausgesprochen.
Zwanzig Minuten später stehen sie vor einem der Aufzüge des Fernsehturms in der Schlange. Doch schon nach kurzem Warten sagt Ralf: „Augenblick mal!", und läuft zum Lift. Unmittelbar darauf winkt er und bedeutet den Zurückgebliebenen, das sie sich beeilen sollen. Vorbei an unzähligen Blauhemden und sonstigen Besuchern eilen Marina, Luisa und Tom zum Aufzug. Der Liftboy verhindert mit einem Knopfdruck, dass die Tür schließt, so dass die vier sich noch hineindrängen können.
Oben, vor dem Restaurant, wiederholt sich das Ganze. Wieder warten Leute geduldig darauf, eingelassen zu werden. Diesmal ist es Tom, der mit dem Oberkellner redet und ihm, Marina kann es deutlich sehen, etwas zusteckt.
Sogar ein frisches, weißes Tischtuch wird für die neuen Gäste aufgelegt.
Marina blickt aus dem Fenster und sucht das Schwimmbad, in dem sie noch vor Kurzem gesessen hatten. Aber sie kann es nicht finden.
„Esst, was euch schmeckt, ihr seid eingelade!" Die beiden jungen Männer sagen, dass sie aus dem Schwabenland kommen. „Wir sind schon gemeinsam in die Schule gegange …" Die Zeit vergeht wie im Fluge.
„Wo seid ihr schon überall gewese?", will Tom wissen und erzählt, ohne auf eine Antwort zu warten, davon, wie er und Ralf den Blick vom Eiffelturm

genossen, an den Hängen des Vesuv standen und wie sie bei ihren Billigurlauben in Varna jedes Jahr „eine Kuh fliegen“ lassen würden.
„Wir sind hier auf dem zweithöchsten Fernsehturm in Europa!“, hört Marina ihre Begleiterin etwas zu laut sagen und sie spürt, dass ihr Tonfall und der Stolz auf die Errungenschaften des Sozialismus in dieser Situation nicht passen.
Die Kellnerin nimmt die Bestellungen an. Wie selbstverständlich fordert Ralf die beiden Mädchen nochmals auf: „Tut euch kei Zwang an. Bestellt, was ihr wollt, ihr seid, wie gesagt, selbstverständlisch eingelade!“
Während der Mahlzeit zieht Stille ein. Marina schneidet ihre Rinderroulade in Stücke. „Fast wie zu Hause“, muss sie denken. Etwas anderes hatte sie nicht zu bestellen gewagt. Der Preis für den „Cocktail von der Maispoulardenbrust mit Chicoree“ war in ihren Augen jenseits von Gut und Böse. Außerdem hätte sie nicht gewusst, was sie da bestellt. Und mit dem „Gefüllten Lachs an Rösti“ wusste sie zwar etwas anzufangen, musste jedoch an ihre Mutter denken: „ … und ich habe gesagt, dass ich schon satt bin, weil ich nicht wusste, wie man mit dem Fischbesteck umgeht“, hatte sie ihrer Tochter verraten, als sie von einer Auszeichnungsreise zurückgekommen war.
„Da drüben isch die Freiheit“, unterbricht Tom das Schweigen so laut, dass Marina erschrickt. Das Restaurant in der Kuppel hat sich nach einer halben Stunde um 180 Grad gedreht und gibt für die vier jungen Leute nun durch die Panoramascheiben den Blick nach Westberlin frei. „Und in dem Hochhaus

dort macht Axel Springer unsere Bildzeitung“, kommentiert Tom die Aussicht.
Nach dem Besuch des Fernsehturms werden Marina und Luisa durch Tom und Ralf getrennt. Die haben ihre beiden Autos in der Bärenstraße unweit des Brandenburger Tores geparkt. Richtig flotte Westflitzer, wie Marina findet.
„Komm, wir hauen zusammen ab“, schlägt Ralf vor, als Marina und er kurz vor Mitternacht in einer Nebenstraße des Stadtteiles Pankow im Auto sitzen und seit mindestens einer halben Stunde voneinander Abschied nehmen.
Dass es passieren würde, dass hatte das Mädchen bereits gewusst, als es am Nachmittag in Ralfs Auto gestiegen war.
„Mönchengladbach“, „Vorne glatt, hinten glatt …“, diese Sprüche hat sie nun hinter sich gelassen. Und Peppi, über den kann sie jetzt nur lächeln. Trotzdem erscheint es ihr seltsam, dass er ihr gerade jetzt in den Sinn kommt.
Abhauen? An so etwas hat sie bisher nicht gedacht.
„Wie meinst du das mit dem Abhauen?“, fragt Marina und schmiegt sich an Ralfs Seite. „Na, im Kofferraum oder so, oder besser: Ich besorge dir einen gefälschten Ausweis.“
„Das mit dem Ausweis, das dauert doch aber?“, vergewissert sich das Mädchen. Marina weiß in diesem Augenblick, dass es nicht zum „Abhauen“ kommen wird. Jetzt oder nie wäre sie dazu bereit.
„Woll’n wir uns morge wieder treffe?“, fragt Ralf. Marina ist enttäuscht, doch sie antwortet: „23 Uhr, wenn ich mit dem Marschieren fertig bin, wieder hier.“

Die wenigen Schritte bis zum Quartier geht sie ohne Ralf. Niemand soll ahnen, dass … Auf dem Schulhaushof stehen Tische und Bänke. Bierflaschen klirren, Lachen hier, Gesang dort. „Du weißt gar nicht, was du verpasst hast!“, ruft Luisa. Sie sitzt bei einem unbekannten Jungen auf dem Schoß und knutscht.
Auf ihrer Luftmatratze in dem zum Schlafsaal umfunktionierten Klassenzimmer findet Marina lange keine Ruhe. Während die anderen noch immer Witze erzählen und laufend jemand zur Toilette geht, liegt sie bewegungslos da. Sie fühlt sich glücklich und bestätigt, denkt noch einmal an den Augenblick, als sie vor Unsicherheit fasst erstarrte. Wie von Zauberhand bewegt, kippten die Lehnen der vorderen Autositze auf einen Knopfdruck von Ralf nach hinten …
Am folgenden Tag heißt es um 16.00 Uhr: „Antreten!“ In Zwanzigerreihen stehen junge Leute im Blauhemd zwischen den Hochhäusern und warten, dass es losgeht. „Wumm, wumm“, tönt der monotone Klang einer Pauke. Er ist nicht sehr laut. Man erkennt nicht, woher dieser Ton kommt. Er durchdringt alles. Die Menschen, die Häuser … Alles scheint durch ihn im Gleichklang zu sein.
„Weißt du, wann es losgeht?“, hört Marina jemand in der Reihe hinter sich fragen. „Keine Ahnung“, lautet die Antwort.
Links vor sich entdeckt sie den „Kasper“. Der blödelt, wie nicht anders zu erwarten, mit seinen Nachbarn.
Als nach einer halben Stunde noch immer nichts passiert, setzen sich erste Jugendliche auf den von der Sonne aufgeheizten Asphalt. Sofort sind Ordnungskräfte heran, Fallschirmspringer in Paradeuni-

formen und einem roten Barrett auf dem Kopf. Freundlich aber bestimmt fordern sie die jungen Leute auf, sich wieder in Reih' und Glied zu positionieren.
„Wir stehen hier wie die Blöden, und stehen und stehen …", murrt ein Junge neben Marina. Und dann sagt er noch: „Wenn ich gewusst hätte, was hier abgeht, wäre ich zu Hause geblieben."
Noch eine weitere Stunde haben die mit den roten Barretten zu tun, die immer unruhiger werdenden Massen in Marschformation zu halten. Marina ist zum Heulen zumute. Am liebsten würde sie jetzt fortlaufen und nach Hause fahren. Aber nein, da ist ja noch Ralf, der auf sie warten wird. Der Kasper diskutiert jetzt mit einem Ordner und wird von diesem unsanft beim Arm gepackt und geschüttelt.
Minuten später schreit die Menge auf. Endlich, es geht los! Das unbarmherzige Paukengeräusch wird von Jubel übertönt. Immer mehr Jugendliche schwenken bunte Tücher, die vorher in den Unterkünften an sie verteilt worden waren. Männer im Blauhemd, die bisher völlig unauffällig zwischen den Wartenden gestanden hatten, rufen plötzlich lautstark Losungen wie: „Es lebe die Sozialistische Einheitspartei Deutschlands, der Garant für Frieden und Sozialismus!", und die Marschierenden im Umfeld antworten im Chor: „Sie lebe hoch, hoch, hoch!"
„Wir sind die Fans von Egon Krenz", skandieren andere unter tosendem Applaus und als die mehr als hunderttausend jungen Leute zwischen Ehrentribühne und Palast der Republik marschieren, dominiert ein Ruf, der sich scheinbar unendlich wiederholt: „SED-FDJ, SED-FDJ ..."

Marina sieht den Kasper schräg vor sich. Er scheint vor Last und Glück zu keuchen. Auf seinen Schultern sitzt eine blonde FDJ-lerin, die mit weit ausladenden Bewegungen ihr Tuch schwenkt. Bestimmt kann die den Generalsekretär der Partei, den 1. Sekretär des Zentralrates und die anderen Ehrengäste auf der Tribühne nicht nur besser sehen als die anderen, sondern vielleicht sogar von ihnen gesehen werden.
Hinter der Tribüne löst sich Marina aus den Reihen der Marschierenden. Sie hat ja noch ihre Verabredung.
Als sie am Palast der Republik vorbei will, versperren ihr Ordner den Weg.
„Ich muss zum Sanitäter!“, lügt sie und wird durchgelassen. Augenblicke später sieht sie, dass der Palast an diesem Abend ein Lazarett ist: Helfer tragen in einer nicht enden wollenden Kette weggeklappte Jugendliche zu einer Tür hinein und durch eine andere verlassen sie ebenso eilig das Haus mit leeren Tragen. Wahrscheinlich, um weitere Menschen aufzulesen. Ein Mädchen läuft neben einer Trage und hält dem darauf Liegenden die Hand. Die Begleiterin wird an der Tür von den Rotbekäppten abgewiesen.
„Die sehen wir nie wieder!“, ruft eine andere junge Frau, die ebenfalls nicht mit in das Gebäude darf.
Als Marina und Ralf sich wie verabredet treffen, wartet sie vergebens darauf, dass er sie noch einmal fragt: „Wollen wir abhauen?“ Stattdessen startet er den Motor seines Westflitzers, sie fahren, und dann geschieht noch einmal, was schon am Vorabend passierte.
„Liebst du mich?“, fragt Ralf eindringlich und Marina antwort „Ja“.

„Nein, ich will es richtig von dir hören. Du musst es aussprechen!"
Und Marina erfüllt ihm auch diesen Wunsch. Dabei weiß sie überhaupt nicht, was sie fühlen und denken soll. „Ich bin vollkommen durcheinander", würde sie am liebsten gestehen. Aber sie tut es nicht, weil es Ralf bestimmt nicht in diesen Abend und in diese Stunde gepasst hätte.
„Wenn ich schwanger werde, dann will ich nichts daran ändern", denkt sie noch, als sie erneut auf dem Autositz liegt. Aber auch davon sagt sie nichts. Als sie sich wieder aufrichtet, sind die Scheiben des Fahrzeugs angelaufen.
Dann heißt es Abschied nehmen. „Ob Ralf wieder anbietet, dass ich mit ihm kommen soll?" Doch der fragt nicht. Stattdessen greift er hinter sich und reicht Marina ein Päckchen. „Hier, für dich, meine Liebste, aber erst zu Hause öffnen!"
Dann noch ein Kuss, noch eine Umarmung, die nicht enden will, und noch ein Kuss. Als Marina auf dem Gehweg steht und Ralf beim Anfahren das Fenster an der Beifahrertür per Knopfdruck öffnet, sagt er noch einmal: „Aber erst zu Hause öffnen. Versprochen?"
Marina verspricht es und ehe sie zur Unterkunft geht, um ihre Sachen für die Rückreise zu holen, sieht sie Ralfs Auto nach, bis es hinter der nächsten Kreuzung verschwindet.
„Leila lei …", tönt es erneut, während die metallenen Räder über die Schienenstöße rattern. Die Truppe wurde wieder zusammen untergebracht. Diesmal allerdings in einem normalen Reisezugwagen der zweiten Klasse.

Luisa sitzt mit Mädchen aus ihrer Schule zusammen. Wer weiß, wohin ihr Knutschfreund nach Hause fahren muss. Mit Tom hatte es ja offensichtlich nicht so geklappt. Singend begleiten die Mädchen den Gitarre-Spieler. „Lei la lei …“.
Aber offensichtlich hat der Kasper seine Erfolge zu verzeichnen. Die Blonde, die ihm während des Umzuges den Nacken einheizte, sitzt auf seinem Schoß.
Marina ist froh, dass niemand sie anspricht. So kann sie mit ihren Gedanken allein sein. Ob ihre Mutter schon wartet? Und was wird mit Peppi werden? Ob er eines Tages erfahren wird, dass seine Angebetete nicht so aus der Republikhauptstadt zurückkam, wie sie hingefahren ist?
Mit wem hatte sie sich da überhaupt eingelassen? Ganz bestimmt nicht mit einem von der Zeitung, das hätte sie mit Sicherheit gemerkt.
Was wird sich in dem Päckchen befinden, welches auf ihrem Schoß liegt und das sie zärtlich und schützend umschlungen hält? „Aber erst zu Hause aufmachen …“ Sie hat es versprochen und sie wird sich daran halten.
John Bon Jovi, die Puhdys, das Sandmännchen in Regal, Marina ist wieder in ihrer vertrauten Umgebung. In etwa fünfzehn Minuten wird die Mutter von der Spätschicht kommen. Zeit genug, um Ralfs Geschenk zu öffnen.
„Dass ein Junge etwas so schön einpacken kann“, denkt sie noch und achtet darauf, das sorgfältig gebundene Geschenkband beim Lösen der Schleifen und Knoten nicht zu beschädigen. Dabei muss sie wieder an jenen Steintopf voller Mus denken, der in

hundert Stücke zerbrach, als sie ihn besonders vorsichtig die Kellertreppe hinauftragen wollte.
Als Marina den Pappdeckel vom Karton hebt, sieht sie in dem Behältnis eine Puppe liegen. Die ist aus Stroh, mit einer grässlichen Fratze als Gesicht. Und um ihren Hals befindet sich eine dicke Leine, zur Schlinge gebunden.
Auf dem Körper dieser Puppe liegt ein Blatt. Als Marina es auseinanderfaltet, liest sie: „Hallo Marina, willkommen im Klub. Du gehörst jetzt dazu. Ich habe Aids!“

**Inhaltsverzeichnis:**